Las inseparables

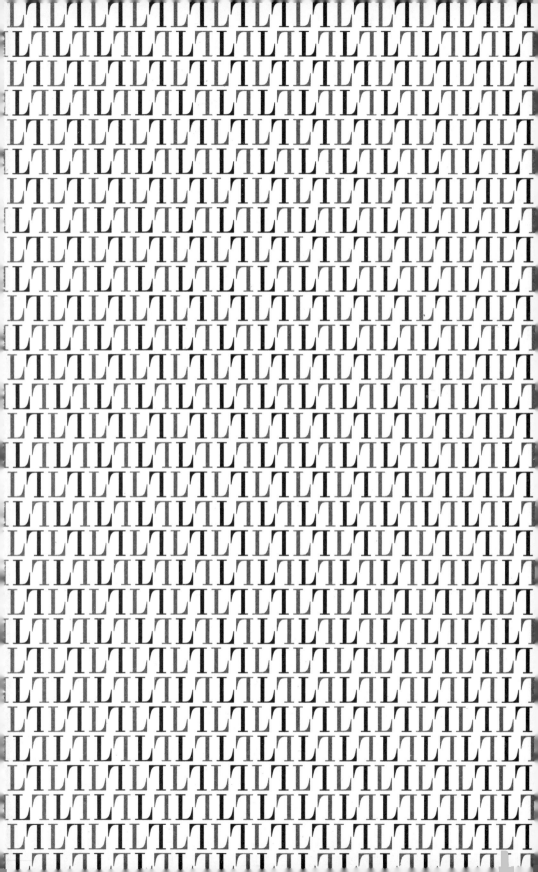

Las inseparables

Simone de Beauvoir

Epílogo de
Sylvie Le Bon de Beauvoir

Traducción del francés de
María Teresa Gallego Urrutia
y Amaya García Gallego

Lumen

narrativa

Papel certificado por el Forest Stewardship Council®

Título original: *Les inséparables*

Primera edición: octubre de 2020

© 2020, Éditions de L'Herne
All rights reserved
© 2020, Penguin Random House Grupo Editorial, S.A.U.
Travessera de Gràcia, 47-49. 08021 Barcelona
Créditos de las fotografías: pp. 8, 133, 134 (inferior izquierda), 135, 136, 137, 143, 150 y 155:
© Association Elisabeth Lacoin; pp. 134 (superior), 139 (superior), 140, 142, 143, 146, 148 y 155:
© Collection Sylvie Le Bon de Beauvoir; pp. 134 (inferior derecha), 138 y 139 (inferior): © D. R.
© 2020, María Teresa Gallego Urrutia y Amaya García Gallego, por la traducción

Printed in Spain – Impreso en España

ISBN: 978-84-264-0947-8
Depósito legal: B-11708-2020

Compuesto en M.I. Maquetación, S.L.
Impreso en Egedsa (Sabadell, Barcelona)

H409478

Penguin
Random House
Grupo Editorial

Para Zaza

Si tengo esta noche los ojos llenos de lágrimas, ¿es porque ha muerto usted o porque yo estoy viva? Debería dedicarle esta historia, pero sé que no está ya en ninguna parte, y si me dirijo a usted aquí es como un artificio literario. Por lo demás, esta no es de verdad su historia, sino solo una historia inspirada en nosotras. Usted no era Andrée y yo no soy esa Sylvie que habla en nombre mío.

1

A los nueve años, yo era una niña muy formalita; no siempre lo había sido; en mi primera infancia, la tiranía de los adultos me causaba unas agonías tan furibundas que una de mis tías dijo un día, muy en serio: «Sylvie está poseída por el demonio». La guerra y la religión pudieron conmigo. Di pruebas enseguida de un patriotismo ejemplar al pisotear un muñeco llorón de celuloide «made in Germany» que, por lo demás, no me gustaba. Me informaron de que dependía de mi buen comportamiento y de mi devoción que Dios salvase Francia: no podía escurrir el bulto. Paseé por la basílica del Sacré-Cœur con otras niñas tremolando oriflamas y cantando. Empecé a rezar muchísimo y le cogí el gusto. El padre Dominique, que era el capellán del colegio Adélaïde, me animó en mi fervor. Con un vestido de tul y tocada con una cofia de encaje de Irlanda, hice la comunión en familia: a partir de ese día pudieron ponerme de ejemplo a mis hermanas pequeñas. El cielo me otorgó que a mi padre lo destinasen al Ministerio de la Guerra por insuficiencia cardíaca.

Aquella mañana, sin embargo, estaba fuera de mí; era el primer día de clase: no veía la hora de volver al colegio, a las clases solemnes como misas, al silencio de los pasillos, a la sonrisa enternecida de las profesoras; llevaban falda larga y el cuello de la blusa muy cerrado, y desde que parte del centro se había convertido en hospital, vestían con frecuencia de enfermeras; bajo el velo blanco maculado de rojo parecían santas, y yo me emocionaba cuando me estrechaban contra el pecho. Me tomé a toda prisa la sopa y el pan integral que habían sustituido al chocolate y los *brioches* de antes de la guerra y esperé impaciente a que mamá acabase de vestir a mis hermanas. Llevábamos las tres un abrigo azul horizonte, como los uniformes del ejército, confeccionados con auténtico paño del que usaban los oficiales y con el corte exacto de los capotes militares.

—Fíjense, hasta tienen una trabillita —les decía mamá a sus amigas, admirativas o extrañadas.

Al salir a la calle, mamá cogió de la mano a las dos menores. Pasamos tristemente por delante del café La Rotonde, que acababa de abrir, con gran revuelo, debajo de nuestro piso y que era, por lo que decía papá, un antro de derrotistas: esa palabra me intrigaba: «Son personas que creen que Francia sufrirá una derrota —me explicaba—. Habría que fusilarlos a todos». Yo no lo entendía. Lo que creemos no lo creemos aposta: ¿se puede castigar a alguien porque se le ocurran ideas? Los espías que daban a los niños caramelos venenosos, los que, en el metro, pinchaban a las mujeres francesas con agujas envenenadas estaba claro que merecían la muerte, pero los derrotistas me tenían perpleja. No probé a preguntarle a mamá: siempre contestaba lo mismo que papá.

Mis hermanas pequeñas no andaban deprisa; la verja del Luxemburgo me pareció interminable. Por fin crucé la puerta del colegio, subí la escalera balanceando alegremente la cartera llena de libros nuevos; reconocí el leve olor a enfermedad que se mezclaba con el olor a encáustico de los pasillos recién encerados; algunas vigilantes me besaron. En el vestuario me encontré con mis compañeras del curso anterior; no tenía amistad con ninguna en particular, pero me gustaba el ruido que hacíamos todas juntas. Me demoré en el vestíbulo principal, ante las vitrinas llenas de antiguallas muertas que estaban allí acabando de morir por segunda vez: a las aves disecadas se les caían las plumas, las plantas secas se desmenuzaban, las conchas perdían lustre. Sonó la campana y entré en el aula Sainte-Marguerite; todas las aulas se parecían. Las alumnas se sentaban alrededor de una mesa ovalada cubierta de hule negro, que la profesora presidía; nuestras madres se acomodaban detrás y nos vigilaban mientras tejían pasamontañas. Me encaminé hacia mi taburete y vi que el de al lado lo ocupaba una niña desconocida, morena y con la cara chupada, que me pareció mucho más pequeña que yo; tenía unos ojos oscuros y brillantes que se me clavaron con intensidad.

—¿Es usted la mejor de la clase?

—Soy Sylvie Lepage —dije—. ¿Cómo se llama?

—Andrée Gallard. Tengo nueve años; si parezco más pequeña es porque me quemé viva y porque he crecido poco. Tuve que dejar los estudios un año, pero mamá quiere que recupere ese retraso. ¿Podrá prestarme sus cuadernos del año pasado?

—Sí —dije.

El aplomo de Andrée, su forma rápida y precisa de hablar me desconcertaban. Ella me pasaba revista con expresión desconfiada:

—Mi compañera me ha dicho que era usted la mejor de la clase —dijo, señalando a Lisette con un leve ademán de la cabeza—. ¿Es verdad?

—Muchas veces soy la primera —dije con modestia.

Miré atentamente a Andrée; el pelo negro le caía, lacio, alrededor de la cara; tenía una mancha de tinta en la barbilla. No todos los días se conoce a una niña que se ha quemado viva; me habría gustado hacerle un montón de preguntas, pero ya entraba la señorita Dubois, barriendo el suelo con el largo vestido; era una mujer vivaz y bigotuda a quien yo respetaba mucho. Se sentó y pasó lista; alzó la vista hacia Andrée.

—Y bien, querida niña, ¿no estamos demasiado intimidadas?

—No soy tímida, señorita —dijo Andrée con voz tranquila, y añadió, amablemente—: Y además, usted no es intimidante.

La señorita Dubois titubeó un momento, luego sonrió bajo el bigote y siguió pasando lista.

La salida de clase transcurría según un rito inamovible; la señorita se apostaba en el vano de la puerta, y daba la mano a todas las madres y un beso en la frente a las niñas. Le puso una mano en el hombro a Andrée.

—¿Nunca ha asistido a clase?

—No; antes estudiaba en casa, pero ahora ya soy demasiado mayor.

—Espero que siga usted los pasos de su hermana mayor —dijo la señorita.

—Uy, somos muy diferentes —dijo Andrée—. Malou se parece a papá, le encantan las matemáticas; a mí me gusta sobre todo la literatura.

Lisette me dio un codazo; no podía decirse que Andrée fuera impertinente, pero no empleaba el tono adecuado para dirigirse a una profesora.

—¿Sabe dónde está el aula de estudio de las externas? Si no vienen a buscarla enseguida, ahí es donde tiene que quedarse a esperar —dijo la señorita.

—No vienen a buscarme, vuelvo yo sola —dijo Andrée, y se apresuró a añadir—: Mamá ya ha avisado.

—¿Sola? —dijo la señorita Dubois, y se encogió de hombros—. En fin, si su mamá ya ha avisado...

Luego me dio también a mí un beso en la frente y yo fui tras Andrée al vestuario; se puso el abrigo, un abrigo menos original que el mío pero muy bonito: de ratina roja con botones dorados; no era una niña de la calle, ¿cómo la dejaban salir sola? ¿No sabía su madre del peligro de los caramelos emponzoñados y de las agujas envenenadas?

—Andrée, ¿dónde vive usted, guapa? —preguntó mamá según bajábamos la escalera con mis hermanas pequeñas.

—En la calle de Grenelle.

—Bueno, pues vamos a acompañarla hasta el bulevar de Saint-Germain —dijo mamá—. Nos pilla de camino.

—Con mucho gusto —dijo Andrée—, pero no se molesten por mí. —Miró a mamá muy seria—. Somos siete hermanos, ¿sabe? Mamá dice que debemos aprender a arreglárnoslas solos.

Mamá asintió con la cabeza, pero estaba claro que no le parecía bien.

Nada más llegar a la calle, pregunté a Andrée:

—¿Cómo se quemó?

—Asando patatas en una fogata; se me prendió el vestido y se me quemó el muslo derecho hasta el hueso. —Hizo un leve gesto de impaciencia; esa historia antigua la aburría—. ¿Cuándo podré ver sus cuadernos? Tengo que saber qué estudiaron el curso pasado. Dígame dónde vive e iré a su casa esta tarde, o mañana.

Miré a mamá para ver qué le parecía; en el Luxemburgo me prohibían jugar con niñas a las que no conocía.

—Esta semana no puede ser —dijo mamá con embarazo—. Ya veremos el sábado.

—Está bien, esperaré al sábado —dijo Andrée.

Miré cómo cruzaba el bulevar con su abrigo de ratina roja; era realmente muy menuda, pero caminaba con el aplomo de una persona mayor.

—Tu tío Jacques conocía a unos Gallard que eran parientes de los Lavergne, los primos de los Blanchard —dijo mamá con voz pensativa—. Me pregunto si será la misma familia. Pero me parece que unas personas como Dios manda no dejarían a una chiquilla de nueve años andar por ahí.

Mis padres deliberaron mucho rato acerca de las diferentes ramas de las diferentes familias Gallard a las que habían oído mencionar de cerca o de lejos. Mamá pidió información a las profesoras. Los padres de Andrée no tenían con los Gallard del tío Jacques más que unos vínculos muy remotos, pero eran personas de lo más respetable. El señor Gallard procedía de la Escuela Politécnica, tenía un buen trabajo en Citroën y era presidente de la Liga de Padres de Familia Numerosa; su mujer, de soltera Rivière de Bonneuil, pertenecía a una gran dinastía de católicos militantes y las señoras de la parroquia de Santo Tomás de Aquino lo tenían en mucha estima. Enterada sin duda de las vacilaciones de mi madre, el sábado siguiente la señora Gallard fue a recoger a Andrée a la salida de clase. Era una mujer guapa de ojos oscuros que llevaba un cuello de terciopelo negro cerrado con una joya antigua; conquistó a mamá diciéndole que parecía mi hermana mayor y llamándola «queridita». A mí no me gustaba aquel cuello de terciopelo.

La señora Gallard no tuvo inconveniente en contarle a mamá el martirio de Andrée: la carne cuarteada, las tremendas ampollas, los vendajes con ambrina, los delirios de Andrée, su valentía; un amiguito le había dado, jugando, un puntapié que volvió a abrirle las heridas; ella hizo un esfuerzo tal para no gritar que se desmayó. Cuando vino a casa a ver mis cuadernos, la miré con respeto; tomaba notas con una letra muy bonita y ya formada, y yo pensaba en aquel muslo hinchado bajo la faldita de tablas. Nunca me había pasado algo tan interesante. De repente, tenía la impresión de que nunca me había pasado nada.

Todos los niños a quienes conocía me aburrían; pero Andrée me hacía reír cuando paseábamos entre clase y clase por el patio de recreo; imitaba estupendamente los ademanes bruscos de la señorita Dubois y la voz untuosa de la señorita Vendroux, la directora; sabía, por su hermana mayor, un montón de secretillos del centro escolar; las señoritas estaban afiliadas a la orden de los jesuitas, llevaban la raya al lado mientras no eran más que novicias y en medio cuando ya habían pronunciado los votos. La señorita Dubois, que solo tenía treinta años, era la más joven: había pasado el examen de final de bachillerato el año anterior; unas alumnas mayores la habían visto en la Sorbona, ruborizada y trabada en sus faldas. A mí me escandalizaba un poco la irreverencia de Andrée, pero me parecía que tenía gracia y cuando improvisaba un diálogo entre dos de nuestras profesoras yo le seguía el juego. Sus caricaturas eran tan certeras que muchas veces, durante la clase, nos dábamos con el codo al ver a la señorita Dubois abrir un registro o cerrar un libro; en una ocasión, incluso, me entró tal ataque de risa que seguramente me habrían echado de clase si mi comportamiento, en conjunto, no hubiera sido tan edificante.

Las primeras veces que fui a jugar a casa de Andrée me quedé pasmada; además de sus hermanos y hermanas, en la calle de Grenelle había siempre una multitud de primos y amiguitos; corrían, gritaban, cantaban, se disfrazaban, se subían a las mesas, volcaban muebles; a veces, Malou, que tenía quince años y se daba mucho pisto, intervenía; pero enseguida se oía la voz de la señora Gallard: «Deja que se diviertan los niños». Me asombraba su indiferencia ante las heridas, los chichones, las manchas, los platos rotos. «Mamá no se enfada nunca», me decía Andrée con sonrisa triunfal. A media tarde, la señora Gallard entraba sonriente en la habitación que habíamos dejado manga por hombro: ponía de pie una silla y le enjugaba la frente a Andrée: «¡Otra vez sudando!». Andrée se abrazaba a ella y, por un momento, se le transformaba la cara: yo desviaba la vista con un apuro en el que entraban seguramente celos, quizá envidia, y esa especie de miedo que inspiran los misterios.

Me habían enseñado que tenía que querer lo mismo a papá y a mamá: Andrée no disimulaba que quería más a su madre que a su padre. «Papá es demasiado serio», me dijo un día tranquilamente. El señor Gallard me desconcertaba porque no se parecía a papá. Mi padre nunca iba a misa y se sonreía cuando hablaban delante de él de los milagros de Lourdes; le había oído decir que no tenía sino una religión: el amor a Francia. A mí no me molestaba su falta de fe: a mamá, que era muy piadosa, por lo visto le parecía normal: un hombre tan superior como papá por fuerza debía de tener con Dios relaciones más complicadas que las mujeres y las niñas. El señor Gallard, en cambio, comulgaba todos los domingos en familia; llevaba una barba larga y lentes de pinza, y, en los ratos de asueto, se ocupaba de obras sociales. Su vello sedoso y sus virtudes cristianas lo feminizaban y lo rebajaban a mis ojos. Por lo demás, solo se lo veía en muy pocas ocasiones. Era la señora Gallard la que llevaba la casa. Yo envidiaba la libertad que le dejaba a Andrée, pero, aunque me hablase siempre con la mayor afabilidad, no me encontraba a gusto en su presencia.

A veces Andrée me decía: «Estoy cansada de jugar». Íbamos a sentarnos en el despacho del señor Gallard; no encendíamos la luz para que no nos descubrieran y charlábamos; era un placer nuevo. Mis padres hablaban conmigo y yo con ellos, pero no charlábamos; con Andrée mantenía conversaciones de verdad, como papá con mamá por las noches. Había leído muchos libros durante su larga convalecencia y me asombró porque parecía creer que las historias que referían habían ocurrido de verdad; aborrecía a Horacio y a Polieucto y admiraba a Don Quijote y a Cyrano de Bergerac como si hubieran existido en carne y hueso. En lo tocante a los siglos pasados, era también rotundamente parcial. Le gustaban los griegos y le aburrían los romanos; era insensible a las desgracias de Luis XVII y su familia, y la muerte de Napoleón la conmovía.

Muchas de esas opiniones eran subversivas, pero, por ser tan joven, las señoritas se lo perdonaban. «Esta niña tiene personalidad», decían en el colegio. Andrée se ponía al día deprisa, yo la superaba por los pelos en los exámenes trimestrales y le cupo el honor de copiar dos redacciones suyas en el libro de oro. Tocaba el piano tan bien que la pusieron, de entrada, en la categoría de las medianas; empezó también a estudiar violín. No le gustaba coser, pero se daba buena maña; era competente en la elaboración de natillas, galletas de pastaflora y trufas de chocolate; aunque no fuera vigorosa, sabía hacer la rueda, el *grand écart* y todo tipo de volteretas. Pero lo que le daba mayor prestigio a mis ojos eran algunos rasgos singulares cuyo significado no supe nunca: cuando veía un melocotón o una orquídea, o sencillamente si los nombraban delante de ella, a Andrée le daba un escalofrío y se le ponía la carne de gallina en los brazos. Entonces se manifestaba, de la forma más conturbadora, ese don que le había concedido el cielo y me tenía maravillada: la personalidad. Me decía en mi fuero interno que Andrée era seguramente una de esas niñas prodigio cuya vida se refiere más adelante en los libros.

La mayoría de las alumnas del colegio se fueron de París a mediados de junio a causa de los bombardeos y de la Gran Berta.

Los Gallard se trasladaron a Lourdes; participaban todos los años en una gran peregrinación; el hijo era camillero, las hijas mayores fregaban los platos con su madre en las cocinas del hospicio; yo admiraba que encomendasen a Andrée esas tareas de persona adulta y la respetaba aún más. Sin embargo, estaba orgullosa del heroico empecinamiento de mis padres; al quedarnos en París, demostrábamos a nuestros valientes soldados que los civiles «aguantaban». En mi clase solo quedamos una mayor muy tonta de doce años y yo, y me sentí importante. Una mañana, al llegar al colegio, las profesoras y las alumnas se habían refugiado en el sótano; en mi casa nos estuvimos riendo de ello durante mucho tiempo. Cuando sonaban las alarmas, nosotros no bajábamos al sótano: los inquilinos de los pisos superiores venían a refugiarse al nuestro y dormían en sofás, en el vestíbulo. Todo aquel barullo me gustaba.

Me fui a Sadernac a finales de julio con mamá y mis hermanas. El abuelo, que recordaba el sitio de París de 1871, se imaginaba que comíamos carne de rata: estuvo dos meses atiborrándonos con pollo y tarta de frutas. Para mí eran días felices. Había en el salón una estantería llena de libros antiguos con manchas de herrumbre en las hojas: las obras prohibidas las habían relegado a la parte más alta y me permitían rebuscar libremente en las baldas inferiores. Leía, jugaba con mis hermanas y daba paseos. Di muchos paseos ese verano. Caminaba por los castañares hiriéndome los dedos con los helechos; iba cortando por los caminos encajonados ramos de madreselva y de evónimos; probaba las moras, los madroños, los durillos y las bayas ácidas del agracejo; aspiraba el perfume encrespado del alforfón en flor, y me pegaba al suelo para sorprender el aroma íntimo de los brezos. Y luego me sentaba en el prado grande, al pie de los álamos, y abría una novela de Fenimore Cooper. Cuando soplaba el viento, los álamos susurraban. El viento me exaltaba. Me parecía que de un extremo al otro de la tierra los árboles se hablaban y hablaban a Dios; eran una música y una plegaria que me cruzaban por el corazón antes de subir al cielo.

Mis placeres eran innumerables, pero difíciles de contar; solo enviaba a Andrée postales breves; ella tampoco me escribió gran cosa; estaba en las Landas, en casa de su abuela materna; montaba a caballo; se divertía mucho; no iba a volver a París hasta mediados de octubre. No pensaba muy a menudo en ella. En vacaciones casi nunca pensaba en mi vida de París.

Derramé unas lágrimas al despedirme de los álamos: me hacía mayor, me volvía sentimental. Pero en el tren me recordé cuánto me gustaban los comienzos de curso. Papá nos esperaba en el andén con su uniforme azul horizonte, decía que la guerra iba a acabar pronto. Los libros de clase parecían aún más nuevos que los otros años: eran más gruesos, más bonitos, crujían bajo los dedos y olían bien; había en el jardín del Luxemburgo un aroma conmovedor de hojas secas y hierba quemada; las señoritas me dieron efusivos besos y mis deberes de vacaciones se granjearon las máximas alabanzas; ¿por qué me sentía tan infeliz? Por las noches, después de cenar, me acomodaba en el vestíbulo, donde leía o escribía historias en un cuaderno; mis hermanas dormían, y al final del pasillo papá leía en voz alta a mamá: era uno de los mejores momentos del día. Acababa tumbada en la moqueta roja, sin hacer nada, atontada. Miraba el armario normando y el reloj de madera tallada que encerraba en su vientre dos piñas cobrizas y las tinieblas del tiempo; en la pared se abría la boca del calorífero: a través de la rejilla dorada se notaba la calidez de un soplo nauseabundo que subía de los abismos. Toda esa oscuridad y esas cosas mudas a mi alrededor me dieron miedo de repente. Oía la voz de papá; me sabía el título del libro: *Ensayo sobre la desigualdad de las razas huma-*

nas, del conde de Gobineau; el año anterior era *Los orígenes de la Francia contemporánea*, de Taine. El año siguiente empezaría otro libro y yo seguiría en el mismo sitio, entre el armario y el reloj. ¿Cuántos años, cuántas noches? ¿Vivir era eso, nada más: matar un día tras otro? ¿Iba a estar aburriéndome así hasta la muerte? Me dije que añoraba Sadernac; antes de quedarme dormida dediqué otras cuantas lágrimas a los álamos.

Dos días después supe, como un destello, la verdad. Entré en el aula Sainte-Catherine y Andrée me sonrió: yo sonreí también y le tendí la mano.

—¿Cuándo ha vuelto?

—Anoche.

Andrée me miró con cierta malicia.

—Usted estaba aquí el primer día de clase, claro.

—Sí —dije. Y añadí—: ¿Lo ha pasado bien en vacaciones?

—Muy bien. ¿Y usted?

—Muy bien.

Decíamos trivialidades, como las personas mayores, pero yo me daba cuenta de pronto, con asombro y alegría, de que el vacío de mi corazón, el sabor taciturno de mis días, no tenían sino un motivo: la ausencia de Andrée. Vivir sin ella ya no era vivir. La señorita de Villeneuve ocupó su cátedra y yo me repetí: «Sin Andrée dejo de vivir». La alegría se me trocó en angustia: pero, entonces, me pregunté, ¿qué sería de mí si se muriera? Estaría sentada en ese taburete, la directora entraría, diría con voz muy seria: «Vamos a rezar, niñas, por vuestra compañerita Andrée Gallard, a quien Dios llamó a su seno la pasada noche». ¡Bueno, pues es muy sencillo!, decidí. Me escurriría del taburete y caería muerta yo también.

La idea no me daba miedo porque nos habríamos encontrado en el acto a las puertas del cielo.

El 11 de noviembre celebramos el armisticio en la calle; la gente se besaba. Yo llevaba cuatro años rezando para que llegase ese gran día y esperaba de él pasmosas metamorfosis; me volvían al corazón recuerdos brumosos. Papá vistió de nuevo de paisano, pero no ocurrió nada más; hablaba continuamente de cierto capital del que los bolcheviques lo habían despojado; esos hombres lejanos, cuyo nombre se parecía peligrosamente al de los *boches*, parecían tener unos poderes terribles; y además, ¡cómo se había dejado manipular Foch!: tendríamos que haber llegado hasta Berlín. Papá veía tan negro el porvenir que no se atrevió a volver a abrir su agencia de negocios; encontró trabajo en una compañía de seguros, pero anunció que teníamos que moderar los gastos. Mamá despidió a Élisa que, de todas formas, se había descarriado —salía por las noches con bomberos—, y se hizo cargo de todas las tareas domésticas; por las noches estaba de mal humor, y papá también; mis hermanas lloraban con frecuencia. A mí todo me daba lo mismo porque tenía a Andrée.

Andrée crecía y se iba haciendo más fuerte; dejé de pensar que podía morirse, pero me amenazaba otro peligro: el colegio no veía con buenos ojos nuestra amistad. Andrée era una alumna brillante; si la primera de la clase seguía siendo yo, era porque ella desdeñaba serlo; yo admiraba su desenvoltura sin ser capaz de imitarla. Sin embargo, Andrée había perdido el favor de las señoritas. Les parecía paradójica, irónica, orgullosa; le echaban en cara que fuera levantisca; nunca conseguían pillarla siendo abiertamente descarada porque guardaba cuidadosamente las distancias, y eso era quizá lo que más las irritaba. Se anotaron un tanto el día de la audición de piano. La sala de festejos estaba llena: en las primeras filas, las alumnas vestidas con sus mejores galas, con bucles, tirabuzones y lazos en el pelo; detrás de ellas, las profesoras y las vigilantes, con blusa de seda y guantes blancos; al fondo, los padres y sus invitados. Andrée, disfrazada con un vestido de tafetán azul, tocó una pieza que a su madre le parecía demasiado difícil para ella y que solía destrozar en algunos compases; a mí me afectaba notar todas aquellas miradas más o menos malintencionadas clavadas en ella cuando llegó al pasaje espinoso: lo tocó sin un solo fallo y, lanzándole a su madre una mirada triunfal, le sacó la lengua. Todas las niñas se estremecieron bajo los tirabuzones; algunas madres carraspearon escandalizadas; las señoritas cruzaron miradas y la directora se puso muy encarnada. Cuando Andrée bajó de la tarima, corrió hacia su madre, que le dio un beso riéndose de tan buena gana que la señorita Vendroux no se atrevió a reñirla. Pero pocos días después se quejó a mamá de la mala influencia que Andrée ejercía sobre mí: charlábamos en clase, yo me reía con sorna y me estaba volviendo indisciplinada; habló de separarnos durante las clases, y yo me pasé angustiada una semana. A la señora Gallard, a quien le gustaba mi aplicación, no le costó convencer a mamá para que nos dejaran en paz; y como eran unas clientas estupendas, pues mamá tenía tres hijas y la señora Gallard, seis, además de mucho don de gentes, seguimos sentándonos juntas como antes.

¿Le habría dado pena a Andrée que nos impidieran vernos? Menos que a mí, seguramente. Nos llamaban «las dos inseparables» y ella me prefería a todas las demás compañeras. Pero me parecía que la adoración que sentía por su madre tenía que ir en menoscabo de sus otros sentimientos. Su familia era primordial para ella, se pasaba muchos ratos entreteniendo a las pequeñas, que eran mellizas, bañando y vistiendo a esas masas de carne inciertas; le hallaba sentido a todo cuanto balbucían y a sus muecas ambiguas; las mimaba amorosamente. Y además, estaba la música, que ocupaba un lugar importante en su vida. Cuando se sentaba al piano, cuando se colocaba el violín entre el cuello y el hombro y escuchaba con recogimiento la melodía que le brotaba de los dedos, yo tenía la impresión de oír cómo se hablaba a sí misma: comparadas con ese prolongado diálogo que seguía adelante en secreto en su corazón, nuestras conversaciones se me antojaban muy pueriles. A veces, la señora Gallard, que tocaba muy bien el piano, acompañaba la pieza que Andrée interpretaba al violín, y entonces yo me sentía completamente al margen. No, nuestra amistad no le importaba tanto a Andrée como a mí, pero yo la admiraba demasiado para sufrir por eso.

Mis padres dejaron al año siguiente el piso del bulevar de Montparnasse y se mudaron a la calle de Cassette, a una vivienda exigua donde ya no tuve ni un rincón para mí sola. Andrée me invitó a que fuera a estudiar a su casa siempre que quisiera. Cada vez que entraba en su cuarto sentía tanta emoción que me daban ganas de santiguarme. Tenía encima de la cama un crucifijo con una ramita de boj; enfrente, una santa Ana de Da Vinci; en la repisa de la chimenea, un retrato de la señora Gallard y una foto de la mansión de Béthary; en unos estantes, la biblioteca personal de Andrée: *Don Quijote*, los *Viajes de Gulliver*, *Eugénie Grandet* o la novela de *Tristán e*

Isolda, de la que se sabía párrafos de memoria; solían gustarle los libros realistas o satíricos: su predilección por esa epopeya amorosa me desconcertaba. Yo buscaba respuestas ansiosamente en las paredes y los objetos que rodeaban a Andrée. Me habría gustado entender qué se decía a sí misma cuando paseaba el arco por las cuerdas del violín. Me habría gustado saber por qué, con tantos afectos en el corazón, tantas ocupaciones y tantos dones, tenía con frecuencia una expresión ausente y que me parecía melancólica. Era muy piadosa. Cuando yo iba a rezar a la capilla, a veces me la encontraba de rodillas al pie del altar con la cabeza entre las manos o con los brazos abiertos delante de una de las estaciones del viacrucis. ¿Tendría pensado entrar más adelante en una religión? Sin embargo, sentía mucho apego por su libertad y las alegrías de este mundo. Le brillaban los ojos cuando me contaba sus vacaciones: pasaba horas cabalgando por los bosques de pinos, arañándose la cara con las ramas bajas, y nadaba en las aguas quietas de los estanques y en las rápidas aguas del Adur. ¿Estaría soñando con ese paraíso cuando se quedaba quieta delante de los cuadernos, con la mirada perdida? Un día se dio cuenta de que la estaba observando y se rio, apurada.

—¿Le parece que estoy perdiendo el tiempo?

—¿A mí? De ninguna manera.

Andrée me miró atentamente con expresión un tanto socarrona.

—¿Usted nunca se queda soñando con cosas?

—No —dije humildemente.

¿Con qué iba a soñar? Quería a Andrée por encima de todo y la tenía a mi lado.

No soñaba, me sabía siempre las lecciones y me interesaba todo; Andrée se reía un poco de mí; se reía más o menos de todo el mundo; yo aceptaba con buen humor sus burlas. Una vez, sin embargo, me hirieron mucho. Aquel año, de forma excepcional, pasé las vacaciones de Pascua en Sadernac. Descubrí la primavera y quedé deslumbrada. Me senté a una mesa del jardín, delante de unas hojas en blanco, y estuve dos horas describiéndole a Andrée la hierba nueva cuajada de junquillos y prímulas, el aroma de las glicinias, el azul del cielo y los magnos arrebatos de mi alma. No me contestó. Cuando volví a verla en el vestuario del colegio, le pregunté con tono de reproche:

—¿Por qué no me ha escrito? ¿No recibió mi carta?

—Sí que la recibí —dijo Andrée.

—¡Pues es una vaga redomada! —dije.

Andrée se echó a reír.

—Creí que me había mandado por equivocación los deberes de vacaciones...

Noté que me ruborizaba.

—¿Un deber?

—¡Vamos, no creo que se pusiera tan literata solo para mí! —dijo Andrée—. Estoy segura de que es el borrador de una redacción: «Describa la primavera».

—No —dije—. Desde luego que era mala literatura, pero escribí esa carta solo para usted.

Las hermanas Boulard se acercaban, curiosas y charlatanas, y lo dejamos ahí. Pero en clase me armé un lío con la explicación de latín. A Andrée mi carta le había parecido ridícula y me daba mucha pena; pero ante todo Andrée no sospechaba cuánto necesitaba yo compartirlo todo con ella; eso era lo que más me desconsolaba: acababa de darme cuenta de que mi amiga no tenía ni idea de lo que sentía por ella.

Salimos juntas del colegio: mamá ya había dejado de acompañarme y yo solía volver con Andrée; de pronto, me cogió por el codo: era un gesto insólito, siempre guardábamos las distancias.

—Sylvie, siento lo que le he dicho hace un rato —dijo en un arranque—; era pura maldad: sé muy bien que su carta no eran unos deberes de vacaciones.

—Supongo que era ridícula —dije.

—¡Ni mucho menos! La verdad es que estaba de un humor malísimo el día en que la recibí, ¡y usted parecía tan jovial!

—¿Por qué estaba de mal humor? —pregunté.

Andrée se quedó callada un momento.

—Porque sí, por nada; por todo.

Titubeó.

—Estoy cansada de ser una niña —dijo de repente—. ¿No le parece que esto no se acaba nunca?

La miré asombrada; Andrée tenía mucha más libertad que yo; y yo, aunque mi casa no fuera muy alegre, no deseaba de ninguna manera hacerme mayor. Pensar que ya tenía trece años me asustaba.

—No —dije—. La vida de las personas mayores me parece de lo más monótona; todos los días son iguales, ya no se aprende nada...

—Uy, pero en la existencia no solo cuentan los estudios —dijo Andrée, impaciente.

Me habría gustado protestar: «No solo están los estudios: está usted». Pero cambiamos de tema. Me decía, desvalida: en los libros, la gente se hace declaraciones de amor y de odio, se atreve a contar todo lo que siente su corazón; ¿por qué no es posible en la vida? Yo me pasaría andando dos días y dos noches, sin comer ni beber, para ver a Andrée una hora o para ahorrarle una pena, ¡y ella no lo sabe!

Estuve unos cuantos días rumiando tristemente esos pensamientos hasta que tuve una idea luminosa: le haría un regalo a Andrée por su cumpleaños.

Los padres son imprevisibles; a mamá, mis iniciativas solían parecerle absurdas a priori; a la idea de ese regalo le dio el visto bueno. Decidí confeccionar con un patrón de *La Mode pratique* un bolso que sería el colmo del lujo. Escogí una seda roja y azul, brochada de oro, gruesa y tornasolada, que me parecía tan hermosa como un cuento. La monté en un armazón de mimbre que fabriqué personalmente. Aborrecía coser, pero me lo tomé tan a pecho que, una vez terminado, el bolsito tenía en verdad una apariencia estupenda con su forro de satén rojo cereza y sus fuelles. Lo envolví en papel de seda y lo coloqué en una caja de cartón que até con un lazo. El día en que Andrée cumplía trece años, mamá fue conmigo a la merienda de celebración; ya había gente y me sentí intimidada al alargarle la caja a Andrée.

—Es por su cumpleaños —dije. Me miró sorprendida, y añadí—: Lo he hecho yo.

Sacó del envoltorio el bolsito rutilante y se le ruborizaron un poco las mejillas.

—¡Sylvie! ¡Es una maravilla! ¡Qué amable es!

Me pareció que si nuestras madres no hubieran estado presentes, me habría dado un beso.

—Da también las gracias a la señora Lepage —dijo la señora Gallard con su afable voz—. Porque seguramente todo el trabajo le habrá tocado a ella...

—Gracias, señora Lepage —dijo escuetamente Andrée. Y me volvió a sonreír con expresión emocionada.

Mientras mamá protestaba sin mucho empeño, noté cierto vacío en el estómago. Acababa de caer en la cuenta de que a la señora Gallard yo ya no le caía bien.

Admiro ahora la perspicacia de aquella mujer pendiente de todo: el hecho es que yo estaba cambiando. Nuestras profesoras empezaban a parecerme muy tontas, me divertía haciéndoles preguntas embarazosas, me enfrentaba con ellas y reaccionaba ante sus comentarios con impertinencia. Mamá me reñía un poco, pero papá, cuando le contaba mis altercados con las señoritas, se reía; esa risa me libraba de cualquier escrúpulo; por lo demás, no me imaginaba ni por un momento que a Dios pudieran ofenderle mis salidas de tono. Cuando me confesaba, no me complicaba con esas niñerías. Comulgaba varias veces por semana, y el padre Dominique me animaba a seguir por los caminos de la contemplación mística: mi vida profana no tenía nada que ver con aquella aventura sagrada. Yo me acusaba sobre todo de faltas referentes a mis estados de ánimo: había sido poco fervorosa, había pasado demasiado rato olvidada de la presencia divina, me había distraído al rezar o había pensado en mí con excesiva complacencia. Acababa de exponer esas flaquezas cuando oí a través de la mirilla la voz del padre Dominique:

—¿De verdad que no hay nada más?

Me quedé cortada.

—Me han contado que mi pequeña Sylvie ya no es la de antes —dijo la voz—. Por lo visto, se ha vuelto díscola, desobediente y descarada.

Me ardían las mejillas y no conseguí que me saliera una palabra.

—A partir de ahora habrá que tener cuidado con esas cosas —dijo la voz—. Ya lo hablaremos los dos.

El padre Dominique me dio la absolución, y salí del confesonario con la cabeza ardiendo; hui de la capilla sin rezar la penitencia. Estaba mucho más trastornada que el día en que, en el metro, un hombre se abrió a medias el gabán para enseñarme una cosa de color rosa.

Durante ocho años me había estado arrodillando delante del padre Dominique como quien se arrodilla ante Dios, y no era más que un viejo chismoso que parloteaba con las señoritas y se tomaba sus chismorreos en serio. Me avergonzaba haberle abierto el alma: me había traicionado. A partir de ese momento, cuando veía por un pasillo la sotana negra, me ruborizaba y salía huyendo.

Al final de ese año y el año siguiente me confesé con vicarios de Saint-Sulpice; fui cambiando con frecuencia. No dejé de rezar ni de meditar, pero durante las vacaciones se hizo la luz. Seguía encariñada con Sadernac e, igual que tiempo atrás, paseaba mucho; pero ahora las moras y las avellanas de los setos me aburrían, me apetecía probar la leche de las euforbias, hincarle el diente a esas bayas venenosas que son del color del minio y llevan el hermoso y enigmático nombre de «sello de Salomón». Hacía muchísimas cosas prohibidas: comía manzanas entre horas y cogía en secreto las novelas de

Alexandre Dumas de los estantes altos de la biblioteca; tenía sobre el misterio de los nacimientos instructivas charlas con la hija de un aparcero; por las noches, en la cama, me contaba a mí misma historias raras que me hacían sentir rara. Una noche, tendida en un prado húmedo, de cara a la luna, me dije: «¡Son pecados!», y sin embargo, estaba firmemente dispuesta a seguir comiendo, leyendo, hablando y soñando como me viniera en gana. «¡No creo en Dios!», me dije. ¿Cómo creer en Dios y escoger deliberadamente la desobediencia? Por un momento, esa obviedad me dejó atónita: no creía.

Ni papá ni los escritores a quienes yo admiraba creían, y, seguramente, el mundo no se explicaba sin Dios, pero Dios no explicaba gran cosa; de todas formas, no se entendía nada. Me acostumbré sin dificultad a mi nuevo estado. Sin embargo, cuando me encontré de nuevo en París, me entró el pánico. No podemos evitar pensar lo que pensamos: sin embargo, papá hablaba tiempo atrás de fusilar a los derrotistas y, un año antes, a una de las mayores la habían echado del colegio porque se rumoreaba que había perdido la fe. Tenía que ocultar cuidadosamente mi caída en desgracia; por las noches me desesperaba, empapada de sudor, al pensar que Andrée pudiera sospecharlo.

Por fortuna, nunca hablábamos ni de sexualidad ni de religión. Habían empezado a preocuparnos muchos otros problemas. Estábamos estudiando la Revolución francesa; admirábamos a Camille Desmoulins, a la señora Roland e incluso a Danton. Nos pasábamos las horas muertas hablando de justicia, de igualdad y de propiedad. A este respecto, lo que pensasen las señoritas contaba menos que nada y nuestros padres tenían ideas inamovibles que ya no nos satisfacían. Mi padre leía de buen grado *L'Action française*; el señor Gallard era más democrático, en su juventud sintió interés por Marc Sangnier; pero ya no era joven y explicaba a Andrée que todo socialismo trae consigo una nivelación a la baja y la abolición de los valores espirituales. No nos convencía, pero algunos de sus argumentos nos preocupaban. Intentamos hablar con las amigas de Malou, chicas mayores que tendrían que haber sabido más que nosotras, pero pensaban como el señor Gallard y esas cuestiones les interesaban poco. Preferían hablar de música, de pintura o de literatura, de forma muy boba, por lo demás. Malou nos pedía muchas veces, cuando recibía, que fuéramos a servir el té, pero notaba que teníamos poco aprecio a sus invitadas e intentaba, en represalia, darse aires de superioridad con Andrée. Una tarde, Isabelle Barrière, que estaba enamorada, muy espiritualmente, de su profesor de piano —un hombre casado y padre de tres hijos—, sacó a colación las novelas de amor; por turnos, Malou, la prima Guite y las hermanas Gosselin indicaron sus preferencias.

—¿Y tú, Andrée? —preguntó Isabelle.

—Las novelas de amor me aburren —dijo Andrée escuetamente.

—¡Vamos! —dijo Malou—. Todo el mundo sabe que puedes recitar *Tristán e Isolda* de memoria.

Añadió que no le gustaba esa historia; a Isabelle, sí; manifestó soñadoramente que le parecía de lo más conmovedora esa epopeya del amor platónico. Andrée soltó una carcajada.

—¡Platónico el amor de Tristán e Isolda! No —dijo—, no tiene nada de platónico.

Hubo un silencio apurado, y Guite dijo con voz seca:

—Las niñas no deberían hablar de las cosas que no entienden.

Andrée volvió a reírse sin contestar nada. La miré perpleja. ¿Qué había querido decir exactamente? Yo no concebía sino un amor: el que sentía por ella.

—¡Pobre Isabelle! —dijo Andrée cuando volvimos a su cuarto—. Va a tener que olvidarse de su Tristán: está casi prometida a un calvo espantoso. —Se rio con sorna—. Espero que crea en el flechazo sacramental.

—¿Y eso qué es?

—Mi tía Louise, la madre de Guite, asegura que en el momento en que los novios dan el sí sacramental, tienen un flechazo mutuo. Comprenderá que a las madres esa teoría les viene de perlas; no tienen por qué preocuparse por los sentimientos de sus hijas: Dios proveerá.

—Nadie puede creer eso en serio —dije.

—Guite lo cree. —Andrée se quedó callada—. Mamá no llega a tanto, claro —prosiguió—; pero dice que en cuanto está una casada, recibe favores divinos.

Echó una ojeada al retrato de su madre.

—Mamá ha sido muy feliz con papá —dijo con voz indecisa—; y sin embargo, de no haberla obligado la abuela, no se habría casado con él. Lo rechazó dos veces.

Miré la foto de la señora Gallard: se antojaba raro pensar que había tenido un corazón de muchacha.

—¡Le dijo que no!

—Sí. Papá le parecía demasiado austero. Él la quería y no se desanimó. Y, durante el noviazgo, ella empezó a quererlo también —añadió Andrée sin convicción.

Durante un momento nos quedamos pensando en silencio.

—No debe de resultar nada alegre vivir de sol a sol con alguien a quien no quieres —dije.

—Debe de ser horrible —dijo Andrée. Le dio un escalofrío, como si hubiera visto una orquídea; se le puso la carne de gallina en los brazos.

—Nos enseñan en el catecismo que tenemos que respetar nuestro cuerpo; así que venderse en el matrimonio está tan mal como venderse fuera de él —dijo.

—No hay obligación de casarse —dije.

—Yo me casaré —dijo Andrée—. Pero no antes de los veintidós años.

Puso bruscamente encima de la mesa nuestra antología de textos latinos.

—¿Y si estudiamos? —dijo.

Me senté a su lado y nos enfrascamos en la traducción de la batalla de Trasimeno.

No volvimos a servir el té a las amigas de Malou. Para responder a las preguntas que nos preocupaban, estaba claro que solo podíamos contar con nosotras mismas. Nunca charlamos tanto como aquel año. Y, pese a ese secreto que no compartía con ella, nunca había sido tan estrecha nuestra intimidad. Nos permitieron ir juntas al teatro del Odéon a ver a los clásicos. Estábamos descubriendo la literatura romántica: me entusiasmé con Hugo, Andrée prefería a Musset, y las dos admirábamos a Vigny. Empezábamos a hacer planes de futuro. Estaba decidido que después de aprobar el bachillerato, yo seguiría estudiando; Andrée tenía la esperanza de que la dejarían matricularse en la Sorbona. Al final del trimestre me llevé la mayor alegría de mi infancia: la señora Gallard me invitó inesperadamente a pasar dos semanas en Béthary y mamá accedió.

Contaba con que Andrée me estaría esperando en la estación; me quedé sorprendida cuando, al bajar del tren, vi a la señora Gallard. Llevaba un vestido negro y blanco, un sombrero grande de paja negra adornado con margaritas y un lazo de faya alrededor del cuello. Me acercó los labios a la frente sin llegar a tocarla.

—¿Ha tenido buen viaje, querida Sylvie?

—Muy bueno, señora Gallard, pero me temo que debo de estar llena de carbonilla —añadí.

En presencia de la señora Gallard me sentía siempre algo culpable: tenía las manos sucias, y puede que la cara también; pero no pareció fijarse; tenía un aire distraído; sonrió al mozo mecánicamente y fue hacia una carretela de la que tiraba un caballo bayo; desató las riendas, enroscadas en una estaca, y se subió ágilmente al carruaje.

—Suba.

Me senté a su lado; en las manos enguantadas llevaba las riendas sueltas.

—Quería hablarle antes de que viera a Andrée —dijo sin mirarme.

Me puse tensa. ¿Qué recomendaciones iba a hacerme? ¿Había intuido que yo ya no era creyente? Pero, entonces, ¿por qué me había invitado?

—Andrée tiene problemas y debe usted ayudarme.

Repetí como si fuera tonta:

—¿Andrée tiene problemas?

Me daba apuro que la señora Gallard me hablase de repente como si yo fuera una persona mayor; había en ello algo sospechoso. Tiró de las riendas y chasqueó la lengua; el caballo echó a andar a pasitos.

—¿Andrée nunca le ha hablado de su amiguito Bernard?

—No.

El coche se metió por una carretera polvorienta flanqueada de robinias. La señora Gallard iba callada.

—El padre de Bernard es el dueño de la finca colindante con la de mi madre —dijo por fin—. Desciende de una de esas familias vascas que hicieron fortuna en Argentina y allí es donde vive la mayor parte del tiempo, y también su mujer y sus otros hijos. Pero Bernard era frágil y soportaba mal aquel clima: ha pasado toda la infancia con una tía de edad y sus preceptores. —La señora Gallard volvió la cabeza hacia mí—. Ya sabe que después del accidente Andrée pasó un año en Béthary, tendida en una tabla; Bernard venía todos los días a jugar con ella; estaba sola, sufría, se aburría y, además, a la edad que tenían era algo sin importancia —dijo con un tono de disculpa que me desconcertó.

—Andrée no me ha contado nada de él —dije.

Tenía un nudo en la garganta. Sentía ganas de saltar de la carreta y salir huyendo, como un día había huido del confesonario y del padre Dominique.

—Siguieron viéndose todos los veranos, montaban a caballo juntos. No eran aún más que unos niños. Pero crecieron. —La señora Gallard me buscó la mirada; había en sus ojos algo implorante—. Mire, Sylvie, está totalmente descartado que Bernard y Andrée se casen algún día; el padre de Bernard se opone tanto como nosotros a esa idea. Así que he tenido que prohibirle a Andrée que vuelva a verlo.

—Entiendo —balbucí, por decir algo.

—Se lo ha tomado muy mal —dijo la señora Gallard. Volvió a lanzarme una mirada, recelosa y suplicante a partes iguales—. Confío mucho en usted.

—¿Qué puedo hacer yo? —pregunté.

Me salían las palabras de la boca, pero no querían decir nada, y yo no entendía las que me entraban por los oídos; tenía la cabeza llena de ruido y de oscuridad.

—Distráigala, cuéntele cosas que le interesen. Y además, si se le presenta la oportunidad, razone con ella. Me da miedo que se ponga enferma. Pero en este momento no puedo decirle nada —añadió la señora Gallard.

Estaba claro que se sentía inquieta y desdichada, pero no me enterneció: todo lo contrario, en ese momento la aborrecí. Susurré de mala gana:

—Lo intentaré.

El caballo iba al trote por una avenida flanqueada de robles americanos y se detuvo delante de una casa solariega con las paredes cubiertas de parra virgen: la misma cuya foto había visto encima de la chimenea de Andrée. Ahora sabía por qué estaba encariñada con Béthary y con los paseos a caballo; sabía en qué pensaba cuando se le velaban los ojos.

—Hola.

Andrée bajó sonriente la escalera de la entrada; llevaba un vestido blanco y un collar verde, el pelo corto le relucía como un casco: tenía el aspecto de una auténtica jovencita y de pronto pensé que estaba muy guapa: era una ocurrencia incongruente, no dábamos importancia a la belleza.

—Creo que a Sylvie le apetecerá asearse un poco; luego bajad a cenar —dijo la señora Gallard.

Seguí a Andrée por un vestíbulo que olía a natillas, a madera recién encerada y a desván viejo; unas tórtolas zureaban; alguien tocaba el piano. Subimos una escalera y Andrée abrió una puerta.

—Mamá la ha puesto en mi cuarto —dijo.

Había una cama grande con dosel y columnas salomónicas y, en el otro extremo de la habitación, un sofá estrecho. ¡Qué contenta me habría sentido una hora antes al pensar en compartir habitación con Andrée! Pero entré con el corazón en un puño; la señora Gallard me estaba utilizando: ¿para que la perdonara? ¿Para distraer a Andrée? ¿Para vigilarla? ¿De qué tenía miedo exactamente?

Andrée se acercó a la ventana.

—Cuando el tiempo está despejado, se ven los Pirineos —dijo con indiferencia.

Caía la noche y el tiempo no estaba despejado. Me lavé la cara y me peiné mientras contaba el viaje sin convicción: era la primera vez que cogía sola el tren, había sido una aventura, pero ya no se me ocurría nada que decir.

—Debería cortarse el pelo —dijo Andrée.

—Mamá no quiere —dije.

A mamá le parecía que el pelo corto daba mala imagen y yo lo llevaba recogido en la nuca en un moño muy aburrido.

—Vamos abajo, voy a enseñarle la biblioteca —dijo Andrée.

Seguían tocando el piano y unos niños cantaban; la casa estaba llena de ruidos; ruido de platos que alguien trajinaba; ruido de pasos. Entré en la biblioteca: la colección completa de *La Revue des Deux Mondes* desde el primer número, las obras de Louis Veuillot, las de Montalembert, los sermones de Lacordaire, los discursos del conde de Mun, Joseph de Maistre entero; en los veladores, retratos de hombres con patillas y de ancianos barbudos; eran los antepasados de Andrée: todos habían sido militantes católicos.

Aunque muertos, se notaba que estaban en su casa y, entre todos esos señores austeros, Andrée parecía fuera de lugar: demasiado joven, demasiado frágil y, sobre todo, demasiado viva.

Sonó una campana y pasamos al comedor. ¡Cuántos eran! Los conocía a todos menos a la abuela: tenía, bajo los bandós canos, la clásica cara de abuela, no me mereció ninguna opinión. El hermano mayor llevaba sotana, acababa de ingresar en el seminario. Proseguía con Malou y con el señor Gallard una discusión, que parecía crónica, sobre el sufragio femenino; sí, era escandaloso que una madre de familia tuviera menos derechos que un peón borracho; pero el señor Gallard objetaba que, entre los obreros, las mujeres son más rojas que los hombres; a fin de cuentas, si la ley se aprobaba, beneficiaría a los enemigos de la Iglesia. Andrée callaba. Al final de la mesa, las mellizas se tiraban bolitas de miga de pan. La señora Gallard las dejaba, sonriendo. Por primera vez pensé que tras esa sonrisa se ocultaba una trampa. Había envidiado a menudo la independencia de Andrée; de repente me pareció mucho menos libre que yo. Tenía ese pasado a su espalda; a su alrededor, aquella casa grande, aquella extensa familia: una cárcel cuyas salidas estaban celosamente custodiadas.

—¿Y bien? ¿Qué opina de nosotros? —dijo Malou, muy poco afable.

—¿Yo? Nada, ¿por qué?

—Ha dado la vuelta a la mesa con la mirada; algo estaba pensando.

—Que son ustedes muchos, nada más —dije.

Pensé que tenía que aprender a controlar las caras que ponía.

Al levantarnos de la mesa, la señora Gallard le dijo a Andrée:

—Deberías enseñarle el parque a Sylvie.

—Sí —dijo Andrée.

—Abrigaos, que la noche está fresca.

Andrée descolgó en el vestíbulo dos capas loden. Las tórtolas dormían. Salimos por la puerta de atrás, que daba a las dependencias. Entre el cobertizo y la leñera, un perro lobo tiraba de la cadena gimoteando. Andrée se acercó a la caseta.

—Ven, Mirza, pobrecita mía, te llevo de paseo —dijo. Desató al animal, que se le echó encima con un salto alegre y se nos adelantó, corriendo—. ¿Cree que los animales tienen alma? —me preguntó.

—No lo sé.

—Si no tienen, ¡qué injusticia! Son tan desgraciados como las personas. Y no entienden por qué —añadió Andrée—. Cuando no se entiende es peor.

No contesté. ¡Había esperado tanto esa velada! Me decía que por fin iba a estar en el meollo de la vida de Andrée, y nunca me había parecido más lejana: no era ya la misma Andrée desde que su secreto tenía nombre. Anduvimos en silencio por los paseos mal cuidados donde crecían malvas y centaureas. El parque estaba lleno de árboles hermosos y de flores.

—Vamos a sentarnos ahí —dijo Andrée, indicando un banco al pie de un cedro azul. Sacó del bolso un paquete de Gauloises.

—¿No quiere uno?

—No —dije—. ¿Desde cuándo fuma?

—Mamá me lo tiene prohibido, pero cuando empieza una a desobedecer...

Encendió el cigarrillo echándose el humo a los ojos. Hice acopio de todo mi valor:

—Andrée, ¿qué ocurre? Cuéntemelo.

—Supongo que mamá la ha puesto al tanto —dijo Andrée—. Se empeñó en ir a buscarla...

—Me habló de su amigo Bernard. Nunca me había dicho usted nada.

—No podía hablar de Bernard —dijo Andrée. La mano derecha se le abrió y se le contrajo en una especie de espasmo—. Ahora es del dominio público.

—No hablemos de ello si no quiere —me apresuré a decir. Andrée me miró.

—Usted es diferente: a usted no me importa contárselo. —Se tragó con mucha aplicación un poco de humo—. ¿Qué le ha dicho mamá?

—Cómo se hicieron amigos, Bernard y usted, y que le ha prohibido que vuelva a verlo.

—Me lo ha prohibido —dijo Andrée. Tiró el cigarrillo y lo aplastó de un taconazo—. El día que llegué, por la noche, di un paseo con Bernard después de cenar: volví tarde. Mamá me estaba esperando, enseguida vi que tenía una cara muy rara; me hizo un montón de preguntas. —Andrée se encogió de hombros y dijo con voz irritada—: ¡Me preguntó si nos habíamos besado! ¡Pues claro que nos besamos! Nos queremos.

Agaché la cabeza; Andrée era desgraciada, qué idea tan insoportable; pero su desgracia me resultaba ajena; los amores en que la gente se besa no eran reales para mí.

—Mamá me dijo cosas horribles —dijo Andrée. Se arropó en la capa loden.

—Pero ¿por qué?

—Sus padres tienen mucho más dinero que nosotros, pero no son de nuestro ambiente, ni un poquito siquiera. Por lo visto, ¡menuda vida llevan allá, en Río! De lo más disipada —dijo Andrée con expresión puritana; en un susurro, añadió—: Y la madre de Bernard es judía.

Miré a Mirza, inmóvil en medio del césped, apuntando a las estrellas con las orejas: ella no podía, y yo tampoco, expresar con palabras lo que sentía.

—¿Y entonces? —pregunté.

—Mamá ha hablado con el padre de Bernard; estaba completamente de acuerdo: no soy un buen partido. Decidió llevarse a Bernard de vacaciones a Biarritz y luego se embarcarán para Argentina. Bernard está bastante bien de salud ahora.

—¿Ya se ha ido?

—Sí; mamá me había prohibido despedirme, pero la desobedecí. No puede enterarse —dijo Andrée—. No hay nada más espantoso que hacer sufrir a alguien a quien se quiere. —Le temblaba la voz—: Lloró. ¡Cómo lloró!

—¿Qué edad tiene? —pregunté—. ¿Cómo es?

—Tiene quince años, como yo. Pero no sabe nada de la vida —dijo Andrée—. Nadie le ha hecho caso nunca, solo me tenía a mí.

Rebuscó en el bolso.

—Tengo una foto suya, pequeñita.

Miré al niño desconocido que quería a Andrée, a quien Andrée besaba y que había llorado tanto. Tenía los ojos grandes y claros, de párpados abombados, y pelo oscuro cortado a lo Caracalla: se parecía a san Tarsicio mártir.

—Tiene ojos y mofletes de niño pequeño —dijo Andrée—, pero fíjese qué boca tan triste, parece como si se disculpase por estar en este mundo.

Apoyó la cabeza contra el respaldo del banco y miró al cielo.

—A veces creo que preferiría que se hubiera muerto; por lo menos, solo sufriría yo. —Se le convulsionó la mano otra vez—. No soporto pensar que ahora mismo esté llorando.

—¡Volverán a verse! —dije—. ¡Si los dos se quieren, volverán a verse! Algún día serán mayores de edad.

—Dentro de seis años: es demasiado tiempo. A nuestra edad, es demasiado tiempo. No —dijo Andrée, desesperada—, sé muy bien que no volveré a verlo nunca.

¡Nunca! Era la primera vez que esa palabra me caía en el corazón con todo su peso; la repetí en mi fuero interno, bajo el cielo infinito, y me entraron ganas de gritar.

—Cuando volví a casa después de despedirnos —dijo Andrée—, me subí al tejado: quería tirarme.

—¿Quería matarse?

—Me quedé dos horas allí arriba; estuve dudando dos horas. Me decía que me daba igual condenarme: si Dios no es bueno, no tengo interés en ir a su cielo. —Andrée se encogió de hombros—. Pero a pesar de todo me dio miedo. ¡No de morirme, qué va, al contrario, me gustaría tanto estar muerta! Sino miedo al infierno. Si voy al infierno, se acabó para toda la eternidad: no volveré a ver a Bernard.

—¡Volverá a verlo en este mundo! —dije.

Andrée negó con la cabeza.

—Se acabó.

Se puso de pie de repente.

—Vámonos a casa. Tengo frío.

Cruzamos el césped en silencio. Andrée volvió a ponerle la cadena a Mirza y subimos a nuestra habitación. Yo me acosté bajo el dosel y ella en el sofá cama. Apagó su lámpara.

—No le he confesado a mamá que había vuelto a ver a Bernard —dijo—. No quiero oír las cosas que me diría.

Titubeé. No me caía bien la señora Gallard, pero a Andrée le debía la verdad.

—Está muy preocupada por usted —dije.

—Sí, supongo que está preocupada —dijo Andrée.

Andrée no mencionó a Bernard los siguientes días y yo no me atreví a ser la primera en hablar de él. Por la mañana pasaba mucho rato tocando el violín, y casi siempre piezas tristes. Luego, salíamos al sol. Esa zona era más seca que la mía, conocí por los caminos polvorientos el olor áspero de la higuera; en el bosque, supe del sabor de los piñones y lamí las lágrimas de resina pegadas al tronco de los pinos. Cuando volvíamos de nuestros paseos, Andrée entraba en la cuadra y acariciaba su caballito alazán, pero ya nunca lo montaba.

Las tardes eran menos tranquilas. La señora Gallard se había puesto manos a la obra para casar a Malou y camuflaba las visitas de chicos más o menos desconocidos abriendo de par en par las puertas de la casa a la juventud «como Dios manda» de las inmediaciones. Se jugaba al cróquet y al tenis, se bailaba en el césped, se hablaba de todo y de nada comiendo pasteles. El día en que Malou bajó de su cuarto con un vestido crudo de shantung y el pelo recién lavado y rizado con tenacillas, Andrée me dio un codazo.

—Va vestida de entrevista.

Malou pasó la tarde con un alumno de la escuela militar de Saint-Cyr, muy feo, que ni jugaba al tenis, ni bailaba ni hablaba: de tanto en tanto, recogía nuestras pelotas. Cuando se fue, la señora Gallard se encerró en la biblioteca con su hija mayor; la ventana estaba abierta y oímos la voz de Malou: «No, mamá, ese no; es demasiado aburrido».

—¡Pobre Malou! —dijo Andrée—. ¡Todos los individuos que le presentan son tan tontos y tan feos!

Se sentó en el columpio; había junto al cobertizo algo así como un gimnasio al aire libre; Andrée practicaba frecuentemente con el trapecio o la barra fija, se le daba muy bien. Agarró las cuerdas.

—Empújeme.

La empujé; cuando cogió cierta velocidad se puso de pie y se impulsó con fuerza estirando las piernas; el columpio no tardó en salir volando hacia la copa de los árboles.

—¡No tan alto! —grité.

No contestó; volaba, caía y volvía a volar, aún más alto. Las dos mellizas, que jugaban con el serrín de la leñera, al lado de la caseta del perro, habían alzado la cabeza con cara de interés; se oía a lo lejos un ruido sordo de raquetas golpeando pelotas. Andrée rozaba las frondas de los arces y me entró miedo; oía quejarse los ganchos de acero.

—¡Andrée!

Toda la casa estaba en calma; por el tragaluz de la cocina subía un rumor impreciso; las espuelas de caballero y las lunarias que bordeaban la tapia apenas si se estremecían. Yo tenía miedo. No me atrevía ni a agarrar la tabla ni a suplicarle demasiado alto; pero pensaba que el columpio iba a darse la vuelta o que Andrée sentiría vértigo y entonces soltaría las cuerdas; solo con mirarla oscilar entre dos cielos como un péndulo enloquecido me daban náuseas. ¿Por qué se columpiaba tanto rato? Cuando pasaba cerca de mí, erguida, con su vestido blanco, tenía la mirada fija y los labios apretados. A lo mejor algo le acababa de fallar en la cabeza y ya no iba a poder parar. Sonó la campana de la cena y Mirza se puso a aullar. Andrée seguía volando por los árboles. «Se va a matar», me dije.

—¡Andrée!

Había gritado otra persona. La señora Gallard se acercaba con la cara congestionada por la ira.

—¡Baja ahora mismo! Es una orden. ¡Baja!

Andrée parpadeó y bajó la vista al suelo; se puso en cuclillas, se sentó y frenó con ambos pies tan fuerte que cayó al césped cuan larga era.

—¿Se ha hecho daño?

—No.

Se echó a reír, la risa acabó en un hipido y se quedó tumbada en el suelo, con los ojos cerrados.

—¡Te has puesto mala, claro! ¡Media hora en ese columpio! ¿Qué edad tienes? —dijo la señora Gallard con dureza.

Andrée abrió los ojos.

—Me da vueltas el cielo.

—Tenías que preparar un *cake* para la merienda de mañana.

—Lo haré después de cenar —dijo Andrée, levantándose. Apoyó una mano en mi hombro—. No me tengo de pie.

La señora Gallard se fue; cogió de la mano a las mellizas y se las llevó a casa. Andrée alzó la cabeza hacia la copa de los árboles.

—Se está bien allá arriba —dijo.

—Qué miedo me ha hecho pasar —dije.

—¡Bah, el columpio es sólido, nunca ha habido ningún accidente! —dijo Andrée.

No, no había pensado en matarse: ese tema estaba zanjado; pero cuando me acordaba de esa mirada fija y esos labios prietos, me entraba miedo.

Después de cenar, cuando la cocina quedó vacía, Andrée bajó y yo la acompañé; era una estancia inmensa que ocupaba la mitad del sótano; durante el día se veían pasar por el tragaluz piernas, gallinas de Guinea, perros y pies humanos; a esas horas, nada se movía fuera, solo Mirza, atada a la cadena, gimoteaba bajito. El fuego roncaba en la cocina económica, no se oía ningún otro ruido. Mientras Andrée cascaba huevos y medía el azúcar y la levadura, yo pasaba revista a las paredes y abría los aparadores. Los cacharros de cobre brillaban: baterías de cacerolas, calderos, espumaderas, baldes y calentadores que entibiaban antaño las sábanas de los antepasados barbudos; en la vitrina del aparador admiré la serie de fuentes vidriadas de colores infantiles. De hierro, de barro, de cerámica, de porcelana, de aluminio, de estaño, ¡cuántas marmitas, sartenes, pucheros, ollas, cazuelas, escudillas, soperas, fuentes, timbales, coladores, cuchillas, molinillos, moldes y morteros! ¡Qué variedad de tazones, de tazas, de vasos, de copas y de copas de champán, de platos, de platitos, de salseras, de jarritos, de cántaros, de picheles y de jarras! ¿Tenía un uso particular cada clase de cuchara, cacillo, tenedor y cuchillo? ¿Teníamos, pues, tantas necesidades diferentes que satisfacer? Aquel mundo clandestino debería haber aflorado a la superficie de la tierra en enormes y refinadas fiestas que, por lo que yo sabía, no se celebraban en ninguna parte.

—¿Usan todo esto? —le pregunté a Andrée.

—Más o menos; hay un montón de tradiciones —dijo ella.

Metió en el horno la pálida maqueta de un bizcocho.

—Y no ha visto ni la mitad —dijo—. Venga a dar una vuelta por la bodega.

Primero cruzamos por la lechería: vasijas y cuencos vidriados, mantequeras de madera bruñida, pellas de mantequilla, quesos blancos de carne lisa bajo muselinas blancas: esa desnudez higiénica y ese olor a rorro me espantaron. Me gustaron más las bodegas, llenas de botellas polvorientas y de barrilitos preñados de alcohol; sin embargo, la abundancia de jamones y salchichones, los montones de cebollas y de patatas me agobiaron.

«Por eso necesita echar a volar entre los árboles», me dije, mirando a Andrée.

—¿Le gustan las cerezas en aguardiente?

—Nunca las he probado.

En una estantería había cientos de tarros de mermelada, todos tapados con una hoja de pergamino donde ponía la fecha y el nombre de una fruta. También había tarros de frutas conservadas en jarabe y en alcohol. Andrée cogió un tarro de cerezas, que se llevó a la cocina. Lo puso encima de la mesa. Con un cacillo de madera llenó dos copas; probó en el propio cucharón el líquido rosa.

—A la abuela se le fue la mano —dijo—. ¡Con esto se emborracha una enseguida!

Agarré por el rabo una fruta descolorida, un poco ajada y arrugada: ya no sabía a cereza, pero el calor del alcohol me agradó.

—¿Se ha emborrachado alguna vez? —pregunté.

A Andrée se le iluminó la cara.

—Una vez, con Bernard. Nos bebimos un frasco de Chartreuse. Al principio resultaba divertido, todo te da vueltas mejor que al bajar del columpio; luego, nos entraron ganas de vomitar.

El fuego roncaba; empezaba a notarse un suave olor a panadería. Ya que Andrée había pronunciado espontáneamente el nombre de Bernard, me atreví a preguntarle:

—¿Se hicieron amigos después de su accidente? ¿Venía mucho a verla?

—Sí, jugábamos a las damas, al dominó y a las cartas. Bernard se agarraba unos enfados muy grandes por entonces; una vez lo acusé de hacer trampas y me dio una patada, en el muslo derecho, precisamente, no lo hizo aposta. Me desmayé del dolor. Cuando volví en mí, había pedido socorro, me estaban volviendo a vendar y él sollozaba a la cabecera de mi cama.

Andrée miró a lo lejos.

—Yo nunca había visto llorar a un chico; mi hermano y mis primos eran muy brutos. Cuando nos dejaron solos, nos dimos un beso...

Andrée volvió a llenar las copas; el olor se hacía más fuerte: se intuía que en el horno el bizcocho se estaba dorando. Mirza ya no lloraba, debía de estar durmiendo; todo el mundo dormía.

—Empezó a quererme —dijo Andrée. Volvió la cabeza hacia mí—: Es algo que no le puedo explicar: ¡qué cambio en mi vida! Siempre había pensado que nadie podría quererme.

Di un respingo.

—¿Eso pensaba?

—Sí.

—Pero ¿por qué? —dije, escandalizada.

Se encogió de hombros.

—Me veía tan fea, tan torpe, tan poco interesante..., y además es verdad que nadie me hacía caso.

—¿Y su madre? —dije.

—Hombre, una madre tiene que querer a sus hijos; eso no cuenta. Mamá nos quería a todos. ¡Y éramos tantos!

Había asco en su voz. ¿Había sentido celos de sus hermanos? Esa frialdad que le notaba yo a la señora Gallard, ¿la había hecho sufrir? Nunca se me había ocurrido que su amor por su madre pudiera ser un amor no correspondido. Apoyó las manos en la madera reluciente de la mesa.

—En este mundo, solo Bernard me ha querido por mí misma, tal y como era y porque era yo —dijo con tono agresivo.

—¿Y yo? —dije.

Se me habían escapado las palabras: me sublevaba tanta injusticia. Andrée me miró fijamente, sorprendida.

—¿Usted?

—¿No le he tenido yo apego por usted misma?

—Sí, claro —dijo Andrée con voz insegura.

El calor del alcohol y mi indignación me volvían atrevida; me apetecía decirle a Andrée esas cosas que la gente solo se dice en los libros.

—Nunca lo ha sabido, pero desde el día en que la conocí, lo ha sido todo para mí —dije—. Tenía decidido que si se moría, yo me moriría acto seguido.

Hablaba en pasado e intentaba adoptar un tono indiferente. Andrée seguía mirándome con cara de pasmo.

—Yo creía que para usted solo contaban de verdad sus libros y sus estudios.

—Lo primero era usted —dije—. Habría renunciado a todo para no perderla.

Se quedó callada y le pregunté:

—¿No lo sospechaba?

—Cuando me regaló ese bolso por mi cumpleaños pensé que me tenía cariño de verdad.

—¡Era mucho más que eso! —dije, tristemente.

Parecía conmovida. ¿Por qué no había sido capaz de hacerle notar mi amor? Se me había antojado tan prodigiosa que había creído que no carecía de nada. Me entraron ganas de llorar por ella y por mí.

—Es curioso —dijo Andrée—; tantos años siendo inseparables ¡y ahora me doy cuenta de lo mal que la conozco! Juzgo a las personas demasiado deprisa —dijo con remordimiento.

No quería que se sintiera culpable.

—Yo también la conocía mal —me apresuré a decir—. Creía que estaba orgullosa de ser como era y la envidiaba.

—No estoy orgullosa —dijo.

Se levantó y se acercó al fogón.

—El *cake* está en su punto —dijo, abriendo el horno.

Apagó la lumbre y guardó el bizcocho en la despensa. Subimos a nuestro cuarto y, mientras nos desnudábamos, me preguntó:

—¿Va a comulgar mañana por la mañana?

—No —dije.

—Entonces iremos juntas a misa mayor. Yo tampoco voy a comulgar. Estoy en pecado —añadió con indiferencia—; sigo sin decirle a mamá que la desobedecí y, lo que es peor, que no me arrepiento.

Me metí bajo las sábanas, entre las columnas salomónicas.

—No podía usted dejar que se fuera Bernard sin volver a verlo.

—¡No podía! —dijo Andrée—. Se habría creído que no me importaba y se habría desesperado aún más. No podía —repitió.

—Entonces, hizo bien en desobedecer —dije.

—¡Ay! —dijo Andrée—. A veces, hagamos lo que hagamos, todo está mal.

Se acostó, pero dejó encendida la lamparilla azul, a la cabecera de su cama.

—Es una de las cosas que no entiendo —dijo—. ¿Por qué no nos dice Dios lo que quiere exactamente de nosotros?

No contesté; Andrée rebulló en la cama y se colocó bien las almohadas.

—Me gustaría preguntarle algo.

—Pregunte.

—¿Sigue creyendo en Dios?

No titubeé: esa noche la verdad no me daba miedo.

—Ya he dejado de creer —dije—. Hace un año que no creo.

—Me lo temía —dijo Andrée. Se enderezó en las almohadas—: ¡Sylvie, no es posible que haya solo esta vida!

—He dejado de creer —repetí.

—A veces es difícil —dijo Andrée—. ¿Por qué quiere Dios que seamos desgraciados? Mi hermano me contesta que ese es el problema del mal y que los padres de la Iglesia resolvieron hace mucho; me repite lo que le enseñan en el seminario; eso no me satisface.

—No; si Dios existe, el mal no se entiende —dije.

—Pero a lo mejor hay que aceptar no entender —dijo Andrée—. Querer entenderlo todo es orgullo. —Apagó la lamparilla y añadió en un susurro—: Seguramente hay otra vida. ¡Tiene que haber otra vida!

No sabía muy bien qué esperar cuando me desperté: me llevé un chasco. Andrée era exactamente la misma, yo también; nos dimos los buenos días como siempre lo habíamos hecho. Mi decepción se prolongó durante los días siguientes. Por supuesto, estábamos tan unidas que no podíamos estarlo más; unas cuantas frases pesan poco comparadas con seis años de amistad, pero cuando recordaba aquella hora que habíamos pasado en la cocina, me entristecía pensar que, en realidad, no había sucedido nada.

Una mañana, estábamos sentadas debajo de una higuera, comiendo higos; los higos grandes de color violeta que se venden en París son tan sosos como la verdura, pero me gustaba aquella fruta menuda y pálida, henchida de una mermelada granulosa.

—Anoche hablé con mamá —me dijo Andrée.

Se me encogió el corazón: Andrée me parecía más cerca de mí cuando estaba lejos de su madre.

—Me preguntó si iba a comulgar el domingo. Se quedó muy preocupada cuando no comulgué el domingo pasado.

—¿Adivinó el motivo?

—No exactamente. Pero se lo dije.

—¡Ah! ¿Se lo dijo?

Andrée apoyó la mejilla en la higuera.

—¡Pobre mamá! Tiene tantas preocupaciones ahora mismo..., ¡por culpa de Malou y, además, por culpa mía!

—¿La riñó?

—Me dijo que ella me perdonaba, pero que lo demás era cosa de mi confesor y mía.

Andrée me miró muy seria.

—Hay que entenderla —dijo—. Tiene a su cargo mi alma: ella tampoco debe de saber a veces lo que Dios quiere de ella. No es fácil para nadie.

—No, no es fácil —dije, por decir algo.

Estaba rabiosa. ¡La señora Gallard torturaba a Andrée y ahora resultaba que la víctima era ella!

—Mamá me ha hablado de una forma que me ha emocionado —dijo Andrée con voz conmovida—. También ella pasó por momentos muy duros, ¿sabe?, cuando era joven.

Andrée miró en torno.

—Aquí mismo, en estos caminos, pasó por momentos muy duros.

—¿Su abuela era muy autoritaria?

—Sí.

Andrée se quedó ensimismada un momento:

—Mamá dice que hay mercedes, que Dios mide las pruebas que nos manda, que ayudará a Bernard y que me ayudará igual que la ayudó a ella. —Buscó mi mirada—. Sylvie, si no cree en Dios, ¿cómo puede soportar estar viva?

—Pero si me gusta estar viva —dije.

—A mí también. Pero, precisamente, si pensara que la gente a la que quiero iba a morirse del todo, me mataría enseguida.

—Yo no tengo ganas de matarme —dije.

Salimos de la sombra de la higuera y volvimos a casa en silencio. Andrée comulgó el domingo siguiente.

2

Aprobamos el bachillerato y, tras largas deliberaciones, la señora Gallard concedió a Andrée tres años de estudios en la Sorbona. Andrée escogió letras; yo, filosofía; estudiábamos juntas muchas veces en la biblioteca, pero en las clases me quedaba sola. El lenguaje, los modales y lo que decían los estudiantes me asustaron: seguía respetando la moral cristiana y me parecían demasiado emancipados. No fue una casualidad descubrir que sentía afinidades con Pascal Blondel, que tenía fama de ser católico practicante. Yo valoré, tanto como su inteligencia, su buena educación impecable y su agraciado rostro angelical. Sonreía a todos sus compañeros, pero mantenía las distancias con todos y parecía desconfiar, muy en especial, de las estudiantes; mi entusiasmo filosófico acabó con sus reservas. Mantuvimos largas y elevadas conversaciones y, en resumidas cuentas, dejando de lado la existencia de Dios, estábamos de acuerdo en casi todo. Decidimos formar un equipo. Pascal aborrecía los lugares públicos, bibliotecas y cafés; yo iba a estudiar a su casa. El piso donde vivía con su padre y una hermana se parecía al de mis padres; y la trivialidad de su habitación me decepcionó. Cuando salí del colegio Adélaïde, los muchachos formaban, desde mi punto de vista, una hermandad más misteriosa; los imaginaba bastante más avanzados que yo en los arcanos de la vida; ahora bien, los muebles de Pascal, sus libros, el crucifijo de marfil, la reproducción del Greco, nada indicaba que perteneciera a una especie diferente de la de Andrée y mía. Hacía mucho que lo dejaban salir solo de noche y leer libremente, pero no tardé en darme cuenta de que su horizonte era tan limitado como el mío. Había estudiado en una institución religiosa, en la que era profesor su padre, y solo sentía cariño por sus estudios y por su familia. Yo, por entonces, no pensaba sino en irme de casa y me extrañaba que él se encontrase tan a gusto en la suya. Meneaba la cabeza: «Nunca seré tan feliz como ahora», decía con ese tono nostálgico que adoptan los hombres de edad al añorar el pasado. Me contaba que su padre era un hombre admirable. Había tardado en casarse, tras una juventud dura, y había enviudado a los cincuenta años con una niña de diez y un chiquitín de pocos meses; por ellos se había sacrificado por completo. En cuanto a su hermana, Pascal la consideraba una santa. Había perdido a su novio durante la guerra y decidido que no se casaría nunca. El pelo castaño, peinado hacia atrás y recogido en una gruesa coleta en la nuca, dejaba al aire una frente ancha e intimidante; tenía la tez blanca, ojos expresivos, sonrisa deslumbradora y dura; llevaba vestidos oscuros, siempre cortados por el mismo patrón, de elegante austeridad y con el toque luminoso de un gran cuello blanco; había dirigido fervientemente la educación de su hermano, tratando de encarrilarlo hacia el sacerdocio; yo sospechaba que llevaba un diario íntimo y que se tenía por Eugénie de Guérin; mientras remendaba con manos gruesas y un tanto encarnadas los calcetines familiares, debía de recitarse a Verlaine: «Las tareas triviales de la existencia humilde». Buen estudiante, buen hijo y buen cristiano, Pascal me resultaba demasiado formal: a veces pensaba que parecía un joven seminarista que hubiera colgado los hábitos; yo, por mi parte, lo irritaba en más de una cosa. Sin embargo, incluso cuando más adelante tuve otros compañeros que me interesaron más, nuestra amistad continuó. Fue a él a quien me llevé como acompañante el día en que los Gallard festejaron el compromiso de Malou.

A fuerza de dar vueltas alrededor de la tumba de Napoleón, de oler las rosas de Bagatelle y de comer ensaladilla rusa en los bosques de las Landas, Malou, que ya se sabía de memoria *Carmen*, *Manon* y *Lakmé*, acabó, efectivamente, por encontrar marido. Desde que había cumplido los veinticinco años, su madre le repetía a diario: «Métete monja o cásate; la soltería no es una vocación». Una noche, en el momento de salir para la Ópera, la señora Gallard declaró: «Esta vez, lo tomas o lo dejas; la siguiente oportunidad será para Andrée». Así que Malou aceptó casarse con un viudo que tenía cuarenta años y la carga de dos hijas. Dieron una matiné con baile para celebrarlo. Andrée me insistió para que fuese. Me puse el vestido de punto de seda gris que había heredado de una prima que acababa de entrar en un convento y fui a reunirme con Pascal delante de la casa de los Gallard.

La situación del señor Gallard había prosperado mucho en aquellos cinco años y ahora vivían en un lujoso piso de la calle de Marbeuf. Yo no iba por allí casi nunca. La señora Gallard me saludó a regañadientes; hacía mucho que había dejado de darme besos y no se tomaba ya ni la molestia de sonreírme; no obstante, examinó a Pascal sin reprobación: gustaba a todas las mujeres por su expresión a la vez intensa y reservada. Andrée le dirigió una de sus sonrisas de serie; tenía ojeras y me pregunté si habría llorado. «Si quiere volver a empolvarse la cara, encontrará lo necesario en mi cuarto», me dijo. Era una invitación discreta. En la familia Gallard se permitía usar polvos; en cambio, mi madre, sus hermanas y sus amigas los condenaban. «Los cosméticos estropean el cutis», afirmaban. Mis hermanas y yo a menudo pensábamos, al mirar la piel marchita de aquellas mujeres, que su prudencia no les salía a cuenta.

Me pasé una borla por la cara, me atusé el pelo cortado sin gracia y volví al salón. Los jóvenes bailaban ante la mirada enternecida de las señoras de edad. No era un espectáculo agradable. Los tafetanes y los rasos de colores chillones o empalagosos, los escotes de barco y los drapeados torpes afeaban aún más a esas jóvenes cristianas, a las que habían adiestrado demasiado bien en olvidarse del cuerpo. A la única que daba gusto ver era Andrée. Tenía el pelo lustroso, le brillaban las uñas, llevaba un vestido bonito de fular azul oscuro y unos zapatos de salón elegantes; sin embargo, pese a los saludables coloretes que se había pintado en las mejillas, parecía cansada.

—¡Qué triste es! —le dije a Pascal.

—¿Qué?

—¡Todo esto!

—Qué va —dijo alegremente.

Pascal no compartía ni mi adustez ni mi escaso entusiasmo; decía que en todo ser puede hallarse algo que querer; por eso gustaba: bajo su mirada atenta, todo el mundo se sentía agradable.

Me sacó a bailar y luego bailé con otros; eran todos feos; yo no tenía nada que decirles, ni ellos a mí; hacía calor; me aburría. No perdía de vista a Andrée; sonreía equitativamente a todas sus parejas, saludaba a las ancianas con una leve reverencia que le salía demasiado perfecta desde mi punto de vista: no me gustaba verla desempeñar con tanta soltura su papel de joven de buena sociedad. ¿Dejaría que la casaran, como su hermana?, me preguntaba con cierta ansiedad. Unos meses antes, Andrée se había encontrado a Bernard en Biarritz, al volante de un automóvil largo, azul pálido; llevaba un terno blanco, sortijas, y a su lado iba una chica rubia y bonita, a todas luces de mala vida. Se habían estrechado la mano sin que se les ocurriera nada que decirse. «Mamá tenía razón: no estábamos hechos el uno para el otro», me dijo Andrée. Quizá hubiera sido diferente si no los hubieran separado, pensaba yo, o quizá no. En cualquier caso, desde aquel encuentro, Andrée no hablaba ya del amor sino con amargura.

Entre dos piezas, conseguí acercarme a ella.

—¿No hay manera de charlar cinco minutos?

Se tocó la sien; debía de dolerle la cabeza, lo que le pasaba con frecuencia últimamente.

—Quedamos en las escaleras, en la última planta. Me las apañaré para escabullirme. —Echó una ojeada a los jóvenes, que volvían a emparejarse—: Nuestras madres no nos permiten pasear con un joven, pero están encantadas de la vida cuando nos ven bailar, las muy inocentes...

Con frecuencia, Andrée decía crudamente en voz alta lo que yo apenas me formulaba por lo bajo. Sí, aquellas buenas cristianas deberían haberse preocupado al ver a sus hijas rendirse, púdicas y congestionadas, a unos brazos masculinos. ¡Cuánto había aborrecido yo a los quince años las clases de baile! Notaba un malestar inexplicable que no se parecía ni a un mareo de estómago, ni al cansancio ni a la tristeza, y cuyas razones ignoraba; desde que había entendido qué querían decir, me había vuelto refractaria al baile, hasta tal punto me parecía irracional y ofensivo que el primero que pasaba por ahí pudiera influir solo con su contacto en mi estado de ánimo. Pero seguramente todas esas doncellas eran más ingenuas que yo o tenían menos amor propio: ahora que había empezado a pensar esas cosas, me daba apuro mirarlas. ¿Y Andrée?, me preguntaba. Me obligaba a menudo, con su cinismo, a hacerme preguntas que me escandalizaban en el preciso instante en que me las planteaba. Andrée se reunió conmigo en las escaleras; nos sentamos en el peldaño de arriba.

—¡Qué bien sienta tener un respiro! —dijo.

—¿Le duele la cabeza?

—Sí.

Andrée sonrió:

—A lo mejor es por ese brebaje que me he tragado esta mañana. Normalmente, para ponerme en marcha tomo café o una copa de vino blanco; hoy he juntado las dos cosas.

—¿Un café y vino?

—No está tan mal. Al principio fue un buen estímulo.

Andrée dejó de sonreír.

—No he dormido en toda la noche. ¡Estoy tan triste por Malou!

Andrée nunca se había llevado bien con su hermana, pero se tomaba muy a pecho cuanto le ocurría a la gente.

—¡Pobre Malou! —siguió diciendo—. Se ha pasado dos días yendo a consultar a sus amigas; todas le han dicho que acepte. Sobre todo, Guite. —Andrée rio con sarcasmo—. ¡Guite dice que cuando se tienen veintiocho años es intolerable pasar las noches sola!

—Y pasarlas con un hombre al que no se quiere es divertido, ¿no?

Sonreí.

—¿Guite sigue creyendo en el flechazo sacramental?

—Supongo que sí —dijo Andrée.

Jugueteaba nerviosamente con la cadenita de oro donde llevaba las medallas.

—¡Es que es complicado! —dijo—. Usted tendrá una profesión, podrá servir para algo sin casarse. Pero una solterona inútil como Guite..., no está bien.

Yo me alegraba muchas veces, egoístamente, de que los bolcheviques y la crueldad de la vida hubieran arruinado a mi padre; no me quedaba más remedio que trabajar; los problemas que atormentaban a Andrée no me afectaban.

—¿De verdad no hay forma de que la dejen preparar oposiciones?

—¡Imposible! —dijo Andrée—. El año que viene ocupo el sitio de Malou.

—¿Y su madre intentará casarla?

Andrée soltó una risita.

—Creo que ya ha empezado. Hay por ahí un jovencito salido de la Escuela de Ingenieros que me pregunta sistemáticamente qué me gusta. Le he dicho que soñaba con caviar, casas de costura y salas de fiesta, y que mi tipo de hombre es Louis Jouvet.

—¿Y la ha creído?

—En cualquier caso, ha parecido preocupado.

Seguimos charlando aún unos minutos y Andrée miró su reloj.

—Tengo que volver abajo.

Yo aborrecía esa pulserita de esclava. Cuando estábamos leyendo en la biblioteca, en la sosegada luz de las lámparas verdes, cuando tomábamos un té en la calle de Soufflot, cuando caminábamos por los paseos del Luxemburgo, Andrée echaba de repente una ojeada a la esfera y salía corriendo como si la persiguiera el diablo: «¡Llego tarde!». Siempre tenía otra cosa que hacer: su madre la agobiaba con tareas ingratas que ella cumplía con celosa dedicación de penitente; se empeñaba en adorar a su madre, y si se había resignado a desobedecerla en algunos aspectos, era desde luego porque ella no le dejaba alternativa. Poco tiempo después de mi estancia de Béthary —Andrée solo tenía entonces quince años—, la señora Gallard la había puesto al tanto de las cosas del amor con una truculencia y una minucia que todavía la hacían estremecerse retrospectivamente; a continuación, su madre, tan tranquila, le dio permiso para leer a Lucrecio, a Boccaccio y a Rabelais; a esa cristiana no le preocupaba la crudeza, cuando no la obscenidad, de esas obras; pero condenaba sin remisión aquellas a las que acusaba de desnaturalizar la fe y la moral católicas. «Si quieres instruirte acerca de la religión, lee a los padres de la Iglesia», decía cuando veía entre las manos de Andrée a Claudel, a Mauriac o a Bernanos. Consideraba que yo ejercía sobre Andrée una influencia perniciosa y había querido prohibirle que me viera. Animada por un director espiritual de ideas amplias, Andrée no había cedido. Pero para que se le perdonasen sus estudios, sus lecturas y nuestra amistad, se afanaba en cumplir irreprochablemente lo que la señora Gallard llamaba sus obligaciones sociales. He aquí por qué le dolía con tanta frecuencia la cabeza: apenas si encontraba durante el día tiempo para practicar con el violín; a los estudios solo podía dedicarles las noches y, aunque tenía mucha facilidad para hacerlo, no dormía lo suficiente.

Pascal la sacó a menudo a bailar a última hora; cuando me acompañó a casa, me dijo, muy serio:

—Qué agradable es su amiga. La he visto muchas veces con ella en la Sorbona; ¿por qué no me la ha presentado nunca?

—Ni se me había ocurrido —dije.

—Me gustaría mucho volver a verla.

—Será fácil.

Me sorprendía que fuera sensible al encanto de Andrée; era amable con las mujeres, al igual que con los hombres y puede que hasta un poco más, pero no las apreciaba gran cosa; pese a su universal benevolencia, era por lo demás poco sociable. En cuanto a Andrée, ante una cara nueva su primera reacción era la desconfianza. Al crecer, había descubierto escandalizada el abismo que separaba las enseñanzas del Evangelio y los comportamientos interesados, egoístas y mezquinos de las personas biempensantes; se defendía de esa hipocresía con una actitud de un cinismo preconcebido. Me creía cuando yo le decía que Pascal era muy inteligente; pero, aunque Andrée se rebelase ante la necedad, le daba poco valor a la inteligencia. «¿Qué se adelanta con ella?», preguntaba con algo parecido a la irritación. No sé exactamente qué buscaba, pero oponía el mismo escepticismo a todos los valores reconocidos. Si se encaprichaba con un artista, un escritor o un actor, era siempre por razones paradójicas, no valoraba en ellos sino prendas frívolas, o incluso equívocas. Jouvet le gustó mucho en un papel de borracho, tanto que puso una foto suya en su cuarto; esos entusiasmos suponían ante todo un desafío a las virtudes falsas de las personas de bien; no se las tomaba en serio. Pero sí tenía expresión seria cuando me dijo, hablando de Pascal:

—Me ha parecido muy simpático.

Pascal fue, pues, a tomar el té con nosotras a la calle de Soufflot y nos acompañó al Luxemburgo. Ya desde la segunda vez lo dejé a solas con Andrée, y a partir de entonces se vieron mucho sin mí. No me sentía celosa. Después de aquella noche, en la cocina de Béthary, cuando confesé a Andrée cuánto me importaba, había empezado a importarme menos. Seguía siendo primordial para mí, pero ahora estaba todo el resto del mundo, y yo misma: ella no lo era ya todo.

Con la tranquilidad recuperada al ver llegar a Andrée al final de sus estudios sin haber perdido la fe ni las buenas costumbres, satisfecha por haber colocado a su hija mayor, la señora Gallard se mostró liberal toda aquella primavera. Andrée miró con menos frecuencia el reloj, se vio mucho con Pascal a solas, y también salíamos con frecuencia los tres juntos. Él pronto influyó en ella. Había empezado riéndose de sus reflexiones mordaces y de sus bromas desengañadas, pero no tardó en reprocharle su pesimismo. «La humanidad no es tan negra», afirmaba él. Debatían el problema del mal, el pecado, la gracia, y Pascal acusó a Andrée de jansenismo. Ella se quedó muy impresionada. Durante los primeros tiempos, me decía, sorprendida: «¡Qué joven es!». Luego me dijo con expresión perpleja: «Cuando me comparo con Pascal, me da la impresión de que soy una solterona agriada». Acabó por decidir que quien tenía razón era él.

«Pensar mal de nuestros semejantes a priori es ofender a Dios», me dijo. Y también me dijo: «Un cristiano debe ser escrupuloso, pero no atormentado», y añadió, en un arrebato: «Pascal es el primer cristiano de verdad que he conocido».

Mucho más que los argumentos de Pascal, fue la propia existencia de este la que reconcilió a Andrée con la naturaleza humana, con el mundo y con Dios. Pascal creía en el cielo y amaba la vida, era alegre e intachable: así pues, no todos los hombres eran malos ni todas las virtudes falsas, y era posible ganarse el paraíso sin renunciar a la tierra. Yo me alegraba de que Andrée se dejase persuadir. Dos años antes, su fe había parecido tambalearse: «No hay más que una fe posible —me dijo por entonces—: la fe del carbonero». Después cambió de opinión; todo lo que podía yo esperar era que no concibiera un concepto de la religión demasiado cruel. Pascal, que compartía sus convicciones, estaba en mejor posición que yo para asegurarle que no es reprensible ocuparse a veces de uno mismo. Sin condenar a la señora Gallard, aseguró a Andrée que no se equivocaba al defender su vida personal. «Dios no quiere que nos volvamos tontos: si nos concede sus dones, es para que los utilicemos», le repetía. Esas palabras fueron una iluminación para Andrée, hubiérase dicho que se había quitado de encima un peso tremendo. Mientras los castaños del Luxemburgo se cubrían de retoños y, luego, de hojas y flores, la vi transformarse. Con el traje de chaqueta de franela, el sombrero *cloche* de paja y los guantes, tenía un aspecto apocado de muchacha como Dios manda. Pascal le tomaba el pelo amablemente.

—¿Por qué lleva siempre sombreros que le tapan la cara? ¿No se quita nunca los guantes? ¿Se le puede proponer a una joven tan correcta que se siente en la terraza de un café?

A Andrée parecía gustarle que se metiera con ella. No compró otro sombrero, pero olvidó los guantes en el fondo del bolso, se sentó en las terrazas del bulevar Saint-Michel y volvió a pisar con el mismo garbo que en la época en que paseaba bajo los pinos. Hasta entonces, Andrée había tenido una belleza, como quien dice, secreta, presente en lo hondo de los ojos, que le asomaba como un relámpago al rostro, pero no del todo visible; de repente, afloró a la superficie de la piel y estalló a la luz del día. Vuelvo a verla, una mañana en que olía a frondas, en el lago del Bois de Boulogne; había agarrado los remos; sin sombrero, sin guantes, con los brazos al aire, rizaba hábilmente el agua; le brillaba el pelo, tenía los ojos vivos. Pascal dejaba la mano colgando en el agua y cantaba a media voz; tenía una voz bonita y sabía muchas canciones.

Él también estaba cambiando. Delante de su padre y, sobre todo, de su hermana, parecía un chiquillo muy pequeño; a Andrée le hablaba con una autoridad de hombre, no porque estuviera interpretando un papel: sencillamente, se ponía a la altura de la necesidad que tenía ella de él. O yo no lo había conocido bien, o estaba madurando. En cualquier caso, ya no parecía un seminarista, lo veía menos angelical que antes pero más alegre, y la alegría le sentaba bien. La tarde del 1 de mayo nos estaba esperando en la terraza del Luxemburgo; cuando nos vio, se subió a la balaustrada y se nos acercó con pasitos de equilibrista, haciendo balancín con los brazos; llevaba un ramo de muguete en cada mano. Bajó al suelo de un salto y nos alargó los dos a un tiempo. El mío solo estaba allí por la simetría: Pascal nunca me había regalado flores. Andrée lo entendió, ya que se ruborizó: era la segunda vez en nuestra vida que la veía ruborizarse. Pensé: «Se quieren». Que Andrée lo quisiera a uno era una gran suerte, pero me alegré sobre todo por ella. No habría podido ni querido casarse con un no creyente; si se hubiera resignado a amar a un cristiano austero, parecido al señor Gallard, se habría consumido poco a poco. Junto a Pascal, podía por fin conciliar sus obligaciones y su felicidad.

Ya no teníamos gran cosa que hacer en aquel fin de curso, paseábamos mucho, ociosos. Ninguno de los tres tenía dinero. La señora Gallard daba a sus hijas una paga que solo les alcanzaba para comprarse billetes de autobús y medias; el señor Blondel quería que Pascal se dedicase exclusivamente a los exámenes, le prohibía dar clases particulares y prefería cargarse él de horas extra; yo no tenía más que dos alumnas que pagaban poco. Sin embargo, nos las arreglábamos para ir a ver al Studio des Ursulines películas abstractas y obras de vanguardia en los teatros del Cartel. A la salida, yo debatía siempre mucho rato con Andrée; Pascal nos escuchaba con expresión indulgente. Reconocía que solo le gustaba la filosofía. El arte y la literatura eran cosas gratuitas que lo aburrían; pero cuando pretendían representar la vida, le sonaban a falso. Decía que, en la realidad, los sentimientos y las situaciones no son ni tan sutiles ni tan dramáticos como en los libros. A Andrée le parecía refrescante esa decisión preconcebida de sencillez. A fin de cuentas, como ella tenía tendencia a tomarse las cosas a la tremenda, más le valía que la sensatez de Pascal fuera un tanto roma, pero risueña.

Tras el examen oral de su titulación, que superó brillantemente, Andrée fue a dar un paseo con Pascal. Él nunca la invitaba a su casa y ella seguramente no habría aceptado: le decía de pasada a su madre que salía conmigo y con unos compañeros, pero no hubiese querido ni confesarle ni ocultarle que había pasado la tarde en casa de un joven. Siempre se veían fuera y paseaban mucho. Yo me reuní con ella al día siguiente en nuestro lugar habitual, bajo la mirada muerta de una reina de piedra. Había comprado cerezas, unas cerezas grandes y negras que le gustaban, pero no quiso probarlas; parecía preocupada. Al cabo de un momento, me dijo:

—Le hablé ayer a Pascal de lo mío con Bernard.

Tenía la voz tensa.

—¿Nunca se lo había contado?

—No. Hace mucho que quería hacerlo. Sentía que tenía que contárselo, pero no me atrevía.

Titubeó.

—Me daba miedo que se forjara una mala opinión de mí.

—¡Menuda ocurrencia! —dije.

A pesar de que conocía a Andrée desde hacía diez años, a menudo me desconcertaba.

—Bernard y yo nunca hicimos nada malo —dijo con voz seria—, pero, vaya, nos besábamos y no eran besos platónicos. Pascal es tan puro... Temía que se escandalizase muchísimo. —Añadió con convicción—: Pero solo es severo consigo mismo.

—¿Cómo iba a escandalizarse? —dije—. Bernard y usted eran unos niños y se querían.

—Se puede pecar a todas las edades —dijo Andrée—, y el amor no lo disculpa todo.

—A Pascal le habrá parecido muy jansenista —dije.

Me costaba entender esos escrúpulos; cierto es que también me costaba mucho entender lo que habían significado para ella esos besos infantiles.

—Lo ha entendido bien —dijo—. Lo entiende siempre todo.

Miró a su alrededor.

—Y decir que pensé en matarme cuando mamá me separó de Bernard, ¡estaba convencidísima de que iba a quererlo para siempre!

Tenía una interrogación ansiosa en la voz.

—A los quince años es normal equivocarse —dije.

Andrée dibujaba rayas en la arena con la punta del zapato.

—¿A qué edad está permitido pensar que es para siempre?

Se le endurecía la expresión cuando estaba preocupada y la cara parecía casi huesuda.

—Ahora no se equivoca —dije.

—Eso creo yo también —dijo ella. Seguía dibujando en el suelo rayas vacilantes—. Pero el otro, al que se quiere, ¿cómo tener la seguridad de que te querrá siempre?

—Se le notará —dije.

Metió la mano en la bolsa de papel pardo y comió en silencio unas cuantas cerezas.

—Pascal me ha dicho que hasta ahora no había querido nunca a ninguna mujer —dijo Andrée. Buscó mi mirada—: No dijo: no había querido nunca; dijo: no he querido nunca.

Sonreí.

—Pascal es escrupuloso, sopesa las palabras.

—Me ha pedido que fuéramos a comulgar juntos mañana por la mañana —dijo Andrée.

No dije nada. Me parecía que, de haber estado yo en el lugar de Andrée, habría sentido celos al ver a Pascal comulgar: una criatura humana es tan poca cosa comparada con Dios... También es verdad que tiempo atrás yo había querido a un tiempo a Andrée y a Dios, con un amor muy grande.

A partir de ese momento, quedó entendido entre Andrée y yo que quería a Pascal. En cuanto a él, le habló con mayor confianza que en el pasado. Le contó que, entre los dieciséis y los dieciocho años, había querido meterse sacerdote; su director espiritual le hizo ver que en realidad no tenía vocación: su hermana había influido en él y, además, lo que esperaba del seminario era un refugio contra el siglo y contra las responsabilidades adultas que lo asustaban. Esa aprensión perduró mucho y explicaba los prejuicios de Pascal respecto a las mujeres: ahora se arrepentía de ellos con dureza. «La pureza no consiste en ver en cada mujer un diablo», le dijo alegremente a Andrée. Antes de conocerla, solo hacía una excepción con su hermana, a la que consideraba un espíritu puro, y conmigo, por la poca conciencia que tenía yo misma de ser una mujer. Ahora había entendido que las mujeres eran, en cuanto mujeres, criaturas de Dios. «Sin embargo, solo hay una Andrée en el mundo», había añadido con tanto entusiasmo que a Andrée ya no le cabía duda de que la quería.

—¿Se escribirán durante las vacaciones? —pregunté.

—Sí.

—¿Qué dirá la señora Gallard?

—Mamá no me abre nunca las cartas —dijo Andrée— y tendrá cosas más importantes que hacer que vigilar la correspondencia.

Esas vacaciones iban a ser particularmente movidas debido a los esponsales de Malou, y Andrée me lo mencionó con aprensión.

—¿Vendría si mamá me dejase invitarla? —me preguntó.

—No la dejará —dije.

—No lo dé por seguro. Mine y Lélette estarán en Inglaterra, y las mellizas son demasiado pequeñas para que su influencia pueda resultarles peligrosa —dijo Andrée, riéndose. Y añadió, en serio—: Ahora mamá se fía de mí; ha habido momentos duros, pero al final me he ganado su confianza: ya no teme que usted me pervierta.

Sospechaba que Andrée quería que yo fuera no solo por amistad, sino porque podría hablarme de Pascal; yo estaba completamente dispuesta a interpretar el papel de confidente y me alegré mucho cuando Andrée me dijo que contaba conmigo para primeros de septiembre.

En agosto no recibí de Andrée más que dos cartas muy breves; escribía en la cama, de madrugada: «De día, no tengo ni un minuto», decía; por la noche, dormía en la habitación de su abuela, que tenía el sueño ligero; para atender su correspondencia y para leer, esperaba a que la luz se colase por las persianas. La casa de Béthary estaba llena de gente; se encontraban allí el novio y sus dos hermanas, dos solteronas lánguidas que no dejaban a Andrée ni a sol ni a sombra, y los primos Rivière de Bonneuil al completo; al tiempo que celebraba los esponsales de Malou, la señora Gallard organizaba entrevistas a Andrée; era una temporada fastuosa, con una fiesta tras otra. «Así es como me imagino el purgatorio», me escribía Andrée. En septiembre tenía que acompañar a Malou a casa de los padres del novio: esa perspectiva la tenía agobiada. Afortunadamente, recibía largas cartas de Pascal. Yo estaba impaciente por volver a verla. Ese año me aburría en Sadernac, la soledad se me hacía cuesta arriba.

Andrée estaba esperándome en el andén, con un vestido de hilo rosa y tocada con un sombrero *cloche* de paja; pero no estaba sola: las mellizas, vestidas una de vichy rosa y la otra de vichy azul, corrían por el andén chillando:

—¡Ahí está Sylvie! ¡Hola, Sylvie!

Con aquel pelo lacio y aquellos ojos negros, me recordaban a la niña del muslo quemado que me había arrebatado el corazón diez años antes, solo que tenían los mofletes más redondos y la mirada menos descarada. Andrée me dedicó una sonrisa breve, pero tan vivaracha que me pareció resplandeciente de salud.

—¿Ha tenido buen viaje? —me preguntó, tendiéndome la mano.

—Siempre lo tengo cuando viajo sola —dije.

Las niñas nos pasaban revista con mirada crítica.

—¿Por qué no le das un beso? —preguntó a Andrée la melliza azul.

—Hay personas a las que queremos mucho y a las que no besamos nunca —dijo Andrée.

—Y hay personas a las que se besa y a las que no se quiere
—dijo la melliza rosa.

—Eso mismo —dijo Andrée—. Llevad la maleta de Sylvie al auto —añadió.

Las niñas agarraron mi maleta y fueron dando saltitos hacia el Citroën negro aparcado delante de la estación.

—¿Cómo andan las cosas? —pregunté a Andrée.

—Ni bien ni mal, ya le contaré —dijo.

Se puso al volante y yo me senté a su lado; las mellizas se
acomodaron en el asiento trasero, que iba atestado de paquetes. Estaba claro que acababa de aterrizar en una vida severa-
mente organizada. «Antes de ir a buscar a Sylvie, haz los recados y pasa a recoger a las niñas», había dicho la señora
Gallard. Al llegar, habría que deshacer todos los paquetes.
Andrée se enfundó unos guantes y toqueteó unas palancas;
y al mirarla con más atención, me di cuenta de que había
adelgazado.

—Está más delgada —dije.

—A lo mejor, un poco.

—Claro; mamá la regaña, pero no come nada —exclamó
una melliza.

—No come nada —repitió la otra, como un eco.

—Dejad de decir tonterías —dijo Andrée—. Si no co-
miera nada, ya estaría muerta.

El auto arrancó despacio; al volante, las manos enguantadas parecían competentes; por otra parte, Andrée todo lo hacía bien.

—¿Le gusta conducir?

—No me gusta pasarme el día haciendo de chófer —dijo—,
pero sí me gusta conducir.

El auto corría entre las robinias, pero yo no reconocía la carretera; la larga bajada en la que la señora Gallard apretaba con fuerza el freno, la pendiente que el caballo subía trabajosamente a pasitos cortos: todo era llano ahora. Y ya estábamos llegando a la avenida. Los bojes estaban recién podados. La mansión no había cambiado, pero habían plantado delante de la escalinata de la entrada platabandas de begonias y macizos de cinias.

—Esas flores no estaban antes —dije.

—No. Son feas —dijo Andrée—; pero ahora que tenemos jardinero, habrá que darle algo que hacer —añadió con tono irónico. Cogió mi maleta—. Decidle a mamá que ahora mismo voy —dijo a las mellizas.

Reconocí el vestíbulo y su olor provinciano; los peldaños de la escalera crujieron como en el pasado, pero en el rellano Andrée torció a la izquierda.

—La han puesto en la habitación de las mellizas, que dormirán con la abuela y conmigo.

Andrée abrió una puerta y dejó mi maleta en el suelo.

—Mamá está convencida de que si estuviéramos juntas no pegaríamos ojo.

—¡Qué lástima! —dije.

—Sí. Pero, bueno, ¡está aquí, que no es poco! —dijo Andrée—. ¡Me alegro tanto!

—Yo también.

—Baje en cuanto esté lista —dijo—. Tengo que ir a ayudar a mamá.

Cerró la puerta. No exageraba cuando me escribía: «No tengo ni un minuto». Andrée nunca exageraba. Pero, a pesar de todo, había sacado tiempo para cortar para mí tres rosas rojas, sus flores preferidas. Recordaba yo una de sus redacciones de niña: «Me gustan las rosas; son flores ceremoniosas que mueren sin marchitarse, con una reverencia». Abrí el armario empotrado para colgar en una percha mi único vestido, de un malva tenue; me encontré con una bata, unas zapatillas y también un vestido muy bonito, blanco con lunares rojos; en el tocador, Andrée había puesto un jabón de almendras, un frasco de agua de Colonia y polvos de arroz, color *Rachel*. Su solicitud me emocionó.

«¿Por qué no comerá?», me pregunté. A lo mejor la señora Gallard había interceptado algunas cartas, ¿y entonces? Habían transcurrido cinco años, ¿vuelta a empezar la misma historia? Salí de mi cuarto y bajé la escalera. No iba a ser la misma historia; Andrée ya no era una niña; yo notaba, yo sabía que quería a Pascal con un amor incurable. Me tranquilicé repitiéndome que la señora Gallard no encontraría nada que objetar a esa boda; en resumidas cuentas, a Pascal se lo podía situar en la categoría de «joven intachable en todos los aspectos».

Venía del salón mucho ruido de voces; la idea de enfrentarme con toda aquella gente más o menos hostil me intimidó; yo tampoco era ya una niña. Entré en la biblioteca a esperar la campana de la cena. Recordé los libros, los retratos, el grueso álbum cuyas tapas de cuero repujado adornaban festones y astrágalos, como el casetón de un techo: abrí el broche de metal; se me detuvo la mirada en la foto de la señora Rivière de Bonneuil: a los cincuenta años, con sus bandós morenos y lisos, y su expresión autoritaria no se parecía a la dulce abuela en que se había convertido; obligó a su hija a casarse con un hombre a quien esta no quería. Pasé unas cuantas páginas y contemplé la foto de la señora Gallard de soltera: el cuello de la blusa le llegaba a la barbilla y el pelo se le esponjaba sobre un rostro ingenuo en el que reconocí la boca de Andrée, una boca seria y carnosa que no sonreía; tenía un algo atractivo en la mirada. Volví a verla algo más adelante, sentada junto a un señor joven y barbudo y sonriéndole a un rorro muy feo; ese algo de la mirada había desaparecido. Cerré el álbum, fui hacia la puerta vidriera y la abrí a medias; la brisa jugueteaba entre las lunarias y hacía susurrar sus frágiles panderetas, el columpio chirriaba. «Tenía nuestra edad», pensé. También ella escuchaba bajo las mismas estrellas el cuchicheo de la noche y se prometía: «No, no me casaré con él». ¿Por qué? No era ni feo ni tonto, y tenía un estupendo porvenir y un montón de virtudes. ¿Quería a otro? ¿Se había inventado quimeras? ¡Y sin embargo, ahora parecía hecha exactamente para la vida que había llevado!

Sonó la campana de la cena y fui al comedor. Estreché muchas manos, pero nadie se entretuvo en preguntarme por mis cosas y no tardaron en olvidarse de mí. Durante la cena, Charles y Henri Rivière de Bonneuil defendieron ruidosamente *L'Action française* en contra del Papa, a quien defendía el señor Gallard. Andrée parecía irritada. En cuanto a la señora Gallard, a todas luces estaba pensando en otra cosa; intenté en vano volver a ver en aquella cara amarillenta a la joven del álbum. «Sin embargo, tendrá recuerdos», me dije. ¿Cuáles? ¿Y qué haría con ellos?

Después de cenar, los hombres jugaron al bridge y las mujeres cogieron la labor. Aquel año estaban de moda los sombreros de papel: se cortaba un papel grueso en tiras delgadas, que se humedecían para que fueran flexibles, se trenzaban bien prietas y se barnizaba el resultado con una especie de esmalte. Ante la mirada admirativa de las señoritas Santenay, Andrée estaba confeccionando algo verde.

—¿Va a ser un sombrero *cloche*? —pregunté.

—No, una capellina muy ancha —me dijo con sonrisa cómplice.

Agnès Santenay le pidió que tocase el violín, pero Andrée no quiso. Me di cuenta de que no podría charlar con ella en toda la velada y subí temprano a acostarme. No la vi a solas ni un minuto en los siguientes días. Por las mañanas, se ocupaba de la casa; por las tardes, los jóvenes nos amontonábamos en el automóvil del señor Gallard y en el de Charles para ir a jugar al tenis, o a bailar en las mansiones de los alrededores, o acabábamos en algún pueblo presenciando un torneo de pelota vasca o corridas de vacas landesas. Andrée se reía cuando tocaba. Pero yo había notado que, efectivamente, no comía casi nada.

Una noche me desperté al oír abrirse la puerta de mi cuarto.

—Sylvie, ¿está dormida?

Andrée se acercaba a mi cama, arropada en un albornoz de felpa y descalza.

—¿Qué hora es?

—La una. Si no tiene demasiado sueño, vamos abajo; estaremos mejor para hablar; aquí podrían oírnos.

Me puse la bata y bajamos la escalera intentando que no crujiesen los peldaños. Andrée entró en la biblioteca y encendió una lámpara.

—Las otras noches no conseguí levantarme sin despertar a la abuela. Es increíble lo ligero que tienen el sueño las personas mayores.

—Tenía tantas ganas de charlar con usted... —dije.

—¡Pues anda que yo! —Andrée suspiró—. Llevo así desde el principio de las vacaciones. ¡Qué mala suerte! ¡Este año estaba deseando que me dejaran en paz!

—¿Su madre sigue sin sospechar nada? —pregunté.

—¡Ay! —dijo Andrée—. Acabó por fijarse en esos sobres con letra de hombre. La semana pasada me preguntó. —Andrée se encogió de hombros—. De todas formas, antes o después habría tenido que decírselo.

—¿Y qué? ¿Qué ha dicho su madre?

—Se lo conté todo —dijo Andrée—. No me pidió que le enseñase las cartas de Pascal y yo no pensaba enseñárselas, pero se lo conté todo. No me ha prohibido que le siga escribiendo. Me ha dicho que necesitaba pensarlo.

Andrée recorrió la habitación con los ojos: como si estuviera buscando ayuda; los libros austeros y los retratos de los antepasados no resultaban lo más indicado para tranquilizarla.

—¿Se disgustó mucho? ¿Cuándo sabrá qué ha decidido?

—No tengo ni idea —dijo Andrée—. No hizo ningún comentario, solo preguntas. Dijo con un tono muy seco: «Tengo que pensarlo».

—No hay ninguna razón para que esté en contra de Pascal —dije con vehemencia—. Incluso desde su punto de vista, no es un mal partido.

—No lo sé. En nuestro ambiente no es así como se hacen las bodas —dijo Andrée, y añadió, amargamente—: Una boda por amor resulta sospechosa.

—¡Pero no van a impedirle que se case con Pascal solo porque está enamorada de él!

—No lo sé —repitió Andrée con tono ausente. Me echó una ojeada rápida y apartó la vista—. Ni siquiera sé si Pascal piensa en casarse conmigo —dijo.

—¡Vamos! No se lo ha mencionado porque es algo que cae por su propio peso —dije—. Para Pascal estar enamorado de usted y casarse es la misma cosa.

—Nunca me ha dicho que me quisiera —dijo Andrée.

—Ya lo sé. Pero en París, en los últimos tiempos, a usted no le quedaban dudas —dije—. Y tenía toda la razón: saltaba a la vista.

Andrée jugueteaba con sus medallas; estuvo un rato sin decir nada.

—En mi primera carta, le dije a Pascal que lo quería; a lo mejor hice mal, pero no sé cómo explicárselo: callarme, en el papel, se convertía en una mentira.

Asentí con la cabeza; Andrée siempre había sido incapaz de hacer trampas.

—Me contestó con una carta muy hermosa —dijo—. Pero decía que no se sentía con derecho a pronunciar la palabra «querer». Me explicaba que tanto en su vida profana como en la religiosa, nunca había tenido evidencias: necesita experimentar sus sentimientos.

—No se preocupe —le dije—. Pascal siempre me ha echado en cara que decidiese mis opiniones en vez de ponerlas a prueba. ¡Es así! Necesita tomarse tiempo. Pero la experiencia no tardará en ser concluyente.

Conocía lo suficiente a Pascal para saber que no estaba jugando a ningún juego, pero lamentaba sus reticencias. Andrée habría dormido mejor y comido más si hubiera tenido la certeza de su amor.

—¿Lo ha puesto al tanto de su conversación con la señora Gallard?

—Sí —dijo Andrée.

—Ya verá; en cuanto tema que la relación de ustedes esté en peligro se le presentará una evidencia.

Andrée mordisqueaba una de las medallas.

—Estoy esperando a ver qué pasa —dijo sin convicción alguna.

—Francamente, Andrée, ¿se imagina que Pascal pueda querer a otra mujer?

Titubeó.

—Podría descubrir que no tiene vocación de casado.

—¡No supondrá que todavía está pensando en ser sacerdote!

—A lo mejor lo estaría pensando si no me hubiera conocido —dijo Andrée—. A lo mejor soy la trampa que le han puesto en el camino para apartarlo de su auténtica vía...

Miré a Andrée, incómoda. Jansenista, decía Pascal. Era algo peor: atribuía a Dios maquinaciones diabólicas.

—Es absurdo —dije—. Supongo que, como mucho, Dios puede tentar a las almas, pero no engañarlas.

Andrée se encogió de hombros.

—Dicen que tenemos que creer porque es absurdo. Así que acabo por pensar que cuanto más absurdas parezcan las cosas, más probabilidades hay de que sean ciertas.

Seguimos hablándolo un rato, pero de repente se abrió la puerta de la biblioteca.

—¿Qué hacéis ahí? —dijo una vocecita.

Era Dédé, la melliza de rosa, la favorita de Andrée.

—¿Y tú? —dijo Andrée—. ¿Por qué no estás en la cama?

Dédé se acercó, remangándose con ambas manos el largo camisón blanco.

—La abuela me ha despertado al encender la luz, ha preguntado dónde estabas; le he dicho que iba a ver...

Andrée se puso de pie.

—Sé buena. Voy a decirle a la abuela que tenía insomnio y que bajé a leer a la biblioteca. No digas nada de Sylvie; mamá me regañaría.

—Es una mentira —dijo Dédé.

—Yo mentiré; tú solo tienes que callarte, no mentirás. —Andrée añadió, con tono de estar muy segura—: Cuando se es mayor, a veces está permitido mentir.

—¡Qué cómodo es ser mayor! —dijo Dédé, suspirando.

—Tiene cosas buenas y cosas malas —dijo Andrée, acariciándole la cabeza.

«¡Qué esclavitud!», pensé mientras volvía a mi habitación. Ni un gesto que no controlase su madre o su abuela y que no se convirtiese en el acto en un ejemplo para sus hermanas menores. ¡Ni un pensamiento del que no tuviera que darle cuenta a Dios!

«Esto es lo peor», me dije al día siguiente mientras Andrée rezaba a mi lado en el banco que una placa de cobre reservaba desde hacía casi un siglo a los Rivière de Bonneuil. La señora Gallard tocaba el armonio; las mellizas paseaban por la iglesia unas cestas llenas de rebanadas de *brioche* bendito; con la cabeza entre las manos, Andrée hablaba con Dios; ¿con qué palabras? La relación que mantenía con él no debía de ser sencilla; yo estaba segura de algo: no conseguía convencerse de que fuera bueno; sin embargo, quería ser de su agrado e intentaba amarlo; todo habría sido más sencillo si, como yo, hubiera perdido la fe en cuanto su fe perdió el candor. Seguí con la vista a las mellizas; estaban muy ocupadas y muy ufanas; a su edad, la religión es un juego muy divertido. Yo había enarbolado banderolas y arrojado pétalos de rosa al paso del sacerdote cubierto de oro que llevaba el Santísimo; había presumido vestida de primera comunión y besado en dedos de obispos enormes piedras violeta; los Monumentos musgosos, los altares del mes de María, los belenes, las procesiones, los ángeles, el incienso: todos esos aromas, esos ballets y esos oropeles resplandecientes habían sido el único lujo de mi infancia. ¡Y qué agradable resultaba, deslumbrada por tanta magnificencia, notarse por dentro un alma blanca y radiante igual que la sagrada forma en la custodia! Y luego las tinieblas invaden el alma y el cielo, y lo que te encuentras, afincados en ti, son el remordimiento, el pecado y el miedo. Incluso cuando se limitaba a tener en cuenta el aspecto terrenal, Andrée se tomaba sumamente en serio cuanto sucedía a su alrededor; ¿cómo no iba a adueñarse de ella la angustia cuando pensaba en su vida a la misteriosa luz del mundo sobrenatural? Plantarle cara a su madre era, quizá, rebelarse contra el propio Dios; pero, quizá, si se sometía, se mostraba indigna de las gracias recibidas. ¿Cómo sabía si al querer a Pascal no estaba obedeciendo a los propósitos de Satanás? ¡En todo momento se encontraba en juego la eternidad y no había ninguna señal clara que indicase si la estabas ganando o perdiendo! Pascal había ayudado a Andrée a sobreponerse a esos terrores. Pero nuestra conversación nocturna me había hecho ver que estaba a punto de volver a caer en ellos. No era, desde luego, en la iglesia donde su corazón hallaba la paz.

La opresión me duró toda la tarde y miré sin divertirme las vacas de cuernos afilados cargando con jóvenes campesinos muertos de miedo. Los tres días siguientes, todas las mujeres de la casa estuvieron ocupadas sin tregua en el sótano; yo también desvainé guisantes y deshuesé ciruelas. Todos los años, los grandes terratenientes de la comarca se reunían a orillas del Adur para comer platos fríos; esa inocente fiesta exigía una larga preparación. «Cada familia quiere superar a las demás y cada año más que el anterior», me dijo Andrée. Cuando llegó la mañana fijada, cargaron en una camioneta de alquiler dos cestos llenos de comida, vajilla y cubertería; los jóvenes nos agolpamos en el espacio libre que quedaba; las personas de edad y los novios nos seguían en los coches. Yo me había puesto el vestido de lunares rojos que me prestó Andrée; ella llevaba un vestido de seda salvaje con un cinturón verde a juego con el amplio sombrero que casi no parecía de papel.

Agua azul, robles viejos y hierba densa; nos habríamos tumbado en la hierba, habríamos almorzado un bocadillo y habríamos charlado hasta la noche: una tarde completamente dichosa, me dije con melancolía mientras ayudaba a Andrée a sacar el contenido de cestos y canastas. ¡Cuántos engorros! Había que poner las mesas, colocar el bufé y extender los manteles en los lugares adecuados. Llegaban más vehículos, coches nuevecitos, tartanas antiguas e incluso un *break* del que tiraban dos caballos. Los jóvenes se ponían en el acto a mover platos. Los viejos se sentaban en troncos de árboles tapados con lonas o en sillas plegables. Andrée los saludaba con sonrisas y reverencias: gustaba en particular a los señores mayores y ella les soltaba peroratas. Entretanto, relevaba a

Malou y a Guite, que daban vueltas a la manivela de una complicada máquina que servía para convertir en helado las cremas que metían dentro. Yo también echaba una mano.

—¿Se da cuenta? —dije, señalando las mesas repletas de comida.

—¡Sí, en eso de cumplir con las obligaciones sociales somos todos muy buenos cristianos! —dijo Andrée.

La crema no se endurecía. Desistimos y nos sentamos alrededor de uno de los manteles, en el grupo de las mayores de veinte años. El primo Charles hablaba con voz distinguida con una joven muy fea y maravillosamente vestida: ni el color ni la tela del vestido tenían nombre en nuestro vocabulario.

—Este picnic se parece a un baile del Club des Liserés Verts* —susurró Andrée.

—¿Es una entrevista? La chica es muy fea —dije.

—Pero muy rica —dijo Andrée. Rio con sarcasmo—. Por aquí se andan cociendo lo menos diez bodas.

Por entonces, yo era más bien tragona, pero la abundancia y la solemnidad de los platos que iban pasando las sirvientas me desalentaban. Gelatinas de pescado, cucuruchos, áspics y barquillas, galantinas, balotinas, carne guisada con vino tinto, guisado de carne en gelatina, patés, terrinas, carne confitada, pato en salsa, macedonias y mayonesas, tortas, tartas y franchipanes: había que probarlo todo y hacerle honor a todo so pena de ofender a alguien. Por si fuera poco, se hablaba de lo que se comía. Andrée tenía más apetito que de

* Asociación que organizaba encuentros entre jóvenes de ambos sexos con fines matrimoniales. (*N. de las TT.*)

costumbre y al principio de la comida estuvo más bien alegre; su vecino de la derecha, un chico moreno y guapo de aspecto fatuo, buscaba sin cesar su mirada y le hablaba en voz baja; no tardó en notarse que la irritaba: el enfado o el vino le sonrosaron algo los pómulos; todos los propietarios de viñedos habían llevado muestras de sus vinos, así que vaciamos muchas botellas. La conversación se animó. Salió al final el tema del flirteo: ¿se podía flirtear? ¿Hasta dónde? En resumidas cuentas, todo el mundo estaba en contra, pero dio pie a apartes burlones entre chicos y chicas; en conjunto, esas muchachas eran más bien mojigatas, pero algunas tenían modales atrevidos: hubo muchas risitas pícaras; los jóvenes se animaron y empezaron a contar historias, por lo demás decentes, pero con un tono que daba a entender que habrían podido referir otras. Descorcharon un magnum de champán y alguien propuso que bebiéramos todos de la misma copa para que cada uno supiéramos qué pensaba el de al lado; la copa fue pasando de mano en mano; cuando el apuesto moreno de expresión fatua la hubo vaciado, se la alargó a Andrée y le cuchicheó algo al oído; ella tiró la copa a la hierba con un revés de la mano.

—No me gusta la promiscuidad —dijo con voz tajante.

Hubo un silencio apurado, y Charles soltó una risotada.

—¿Nuestra Andrée no quiere que se sepan sus secretos?

—No tengo interés en saber los ajenos —dijo—. Y además, ya he bebido más de la cuenta. —Se puso en pie—: Voy por el café.

Perpleja, la seguí con la mirada. Yo habría bebido sin preocuparme; sí, había en esos inocentes libertinajes algo turbio, pero ¿en qué nos afectaba a nosotras? Seguramente, desde el punto de vista de Andrée, ese falso encuentro de dos bocas en una copa era un sacrilegio: ¿pensaba en los antiguos besos de Bernard o en los que Pascal no le había dado aún? Andrée no volvía; me levanté yo también y me interné entre las sombras de los robles. Me pregunté de nuevo a qué se refería exactamente cuando hablaba de besos que no eran platónicos. Yo estaba bien documentada acerca de los problemas sexuales, durante la infancia y la adolescencia, mi cuerpo había tenido sus sueños, pero ni mi considerable ciencia ni mi ínfima experiencia me explicaban qué vínculos unen los avatares de la carne al cariño y a la felicidad. Para Andrée existía entre el corazón y el cuerpo un tránsito que para mí seguía siendo misterioso.

Salí del bosquecillo. El Adur hacía un recodo y me encontré en la orilla; oí el ruido de una cascada; en lo hondo del agua transparente los guijarros jaspeados parecían caramelos que imitasen guijarros.

—¡Sylvie!

Era la señora Gallard, muy colorada bajo el sombrero de paja.

—¿Sabe dónde está Andrée?

—La estoy buscando —dije.

—Lleva desaparecida casi una hora; es de muy mala educación.

«En realidad —me dije—, está preocupada.» Seguramente quería a Andrée a su modo: ¿qué modo? De eso se trataba. Cada cual a nuestro modo, todos la queríamos.

Ahora, el ruido de la cascada se nos metía con violencia en los oídos. La señora Gallard se detuvo.

—¡Lo sabía!

Debajo de un árbol, junto a una mata de cólquicos, divisé el vestido de Andrée, el cinturón verde, la ropa interior de lienzo áspero. La señora Gallard se acercó al río.

—¡Andrée!

Algo se movió al pie de la cascada. La cabeza de Andrée asomó.

—¡Venid! ¡El agua está estupenda!

—¡Haz el favor de salir de ahí ahora mismo!

Andrée se nos acercó a nado, con cara risueña.

—¡Recién comida! ¡Te podía haber dado una congestión! —dijo la señora Gallard.

Andrée se puso de pie en la orilla; se había arrebujado en una capa loden sujeta con alfileres: el pelo, que el agua le había estirado, le caía sobre los ojos.

—¡Vaya pinta tienes! —dijo la señora Gallard con voz más suave—. ¿Cómo vas a secarte?

—Ya me las apañaré.

—¡Me pregunto en qué estaba pensando Dios cuando me dio una hija semejante! —dijo la señora Gallard; sonreía, pero añadió con voz severa—: Vuelve ahora mismo. Estás incumpliendo todas tus obligaciones.

—Ahora mismo voy.

La señora Gallard se alejó, y me senté del otro lado del árbol mientras Andrée volvía a vestirse.

—¡Ay, qué bien se estaba en el agua! —dijo.

—Debía de estar helada.

—Cuando me cayó la cascada en la espalda, me quedé sin resuello —dijo Andrée—, pero me gustó.

Desenterré un cólquico; me preguntaba si de verdad eran venenosas esas flores tan raras, a un tiempo rústicas y sofisticadas en su desnudez, y que salían del suelo de un tirón, como si fueran setas.

—¿Cree que si les diéramos a las hermanas Santenay un caldo de cólquicos nos las cargaríamos? —pregunté.

—¡Pobrecillas! No son malas personas —dijo Andrée.

Se me acercó; se había puesto el vestido y se estaba abrochando el cinturón.

—Me he secado con la combinación —dijo—. Nadie se dará cuenta de que no llevo combinación; siempre se llevan demasiadas cosas encima del cuerpo. —Tendió al sol la capa mojada y las enaguas arrugadas—. Hay que volver.

—¡Por desgracia!

—¡Pobre Sylvie! Debe de aburrirse mucho. —Me sonrió—. Ahora que ya ha pasado el picnic espero estar un poco más libre.

—¿Cree que podrá apañárselas para que nos veamos un poco?

—De una forma u otra, me las apañaré —dijo con voz resuelta.

Mientras volvíamos despacio, siguiendo el curso del río, me dijo:

—He recibido carta de Pascal esta mañana.

—¿Una buena carta?

Asintió con la cabeza.

—Sí. —Estrujó en la mano una hoja de menta y la olió con cara de felicidad—. Dice que si mamá ha pedido que la deje pensarlo es buena señal —añadió—. Dice que debo tener confianza.

—Es lo que pienso yo también.

—Tengo confianza —dijo Andrée.

Me habría gustado preguntarle por qué había tirado al suelo la copa de champán, pero me dio miedo incomodarla.

Andrée estuvo encantadora con todo el mundo el resto del día; yo no me divertí nada. Y los días siguientes disfrutó de tan poca libertad como en los anteriores. No cabía duda de que la señora Gallard se las apañaba sistemáticamente para impedir que nos viéramos. Al descubrir las cartas de Pascal, debió de darse de cabezazos contra la pared por haberme dejado ir y estaba reparando lo mejor que podía el error cometido. Yo me sentía tanto más triste cuanto que la separación se acercaba. «A la vuelta se celebrará la boda de Malou —me decía esa mañana—. Andrée ocupará el lugar de su hermana en casa y en sociedad, la veré deprisa y corriendo, entre una venta benéfica y un entierro.» Faltaban dos días para que me fuera y, como hacía a menudo, había bajado al parque mientras todo el mundo dormía aún. El verano agonizaba, los matorrales se teñían de rojo, las bayas encarnadas del serbal se estaban poniendo amarillas; bajo el hálito blanco de la mañana, los cobres del otoño parecían más encendidos; me gustaba ver cómo llameaban los árboles por encima de la hierba aún humeante de frío. Mientras iba melancólicamente por los paseos bien rastrillados donde no crecían ya flores silvestres, me pareció oír una música; me encaminé hacia ella; sonaba un violín. Al fondo del parque, oculta en un bosquecillo de pinos, Andrée tocaba. Se había echado un chal viejo sobre el vestido de punto azul y escuchaba con recogimiento la voz del instrumento apoyado en su hombro. Partía su hermoso pelo negro una raya de lado muy formal, de enternecedora blancura, que apetecía reseguir tierna y respetuosamente con el dedo. Estuve un ratito espiando el ir y venir del arco y al mirar a Andrée pensé: «¡Qué sola está!».

Se extinguió la última nota y me acerqué, pisando, para que crujieran, las agujas de pino.

—¡Ah! —dijo Andrée—. ¿Me ha oído? ¿Se me oye desde casa?

—No —dije—. Andaba paseando por aquí. ¡Qué bien toca! —añadí.

Andrée suspiró.

—¡Si al menos tuviera algo de tiempo para practicar!

—¿Da muchas veces conciertos de estos al aire libre?

—No. ¡Pero llevaba unos días con tantas ganas de tocar! No quiero que esa gente me oiga.

Andrée tendió el violín en su ataúd pequeñito.

—Tengo que estar de vuelta antes de que baje mamá; diría que estoy loca y eso no me conviene.

—¿Se lleva el violín a casa de los Santenay? —pregunté mientras caminábamos hacia la casa.

—¡Claro que no! ¡Ay, esa estancia me horroriza! —añadió—. Aquí, por lo menos, estoy en mi casa.

—¿De verdad que no le queda más remedio que ir?

—No quiero discutir con mamá por menudencias —dijo—. Sobre todo en este momento.

—Me hago cargo —dije.

Andrée entró en la casa y yo me acomodé en el césped con un libro. Algo más tarde, la vi cortando rosas junto con las hermanas Santenay. Y luego fue a hacer astillas a la leñera; oí los hachazos sordos. El sol subía por el cielo y yo leía sin alegría. Ya no estaba nada segura de que la decisión de la señora Gallard fuera a ser favorable. Andrée no tendría, lo mismo que su hermana, sino una dote modesta, pero era mucho más guapa y mucho más brillante que Malou; seguramente su madre albergaba para ella grandes ambiciones. De repente se oyó un fuerte grito: era Andrée quien había gritado.

Corrí hacia la leñera. La señora Gallard estaba inclinada sobre ella: Andrée yacía sobre el serrín con los ojos cerrados y un pie ensangrentado; el filo del hacha estaba manchado de rojo.

—¡Malou, baja tu botiquín, Andrée se ha herido! —voceó la señora Gallard.

Me pidió que fuera a llamar por teléfono al médico. Cuando regresé, Malou le estaba vendando el pie a Andrée y su madre la hacía oler amoníaco; abrió los ojos.

—¡Se me escurrió el hacha! —susurró.

—No ha llegado al hueso —dijo Malou—. Es un corte muy grande, pero no ha llegado al hueso.

Andrée tuvo algo de fiebre, y el médico la encontró muy cansada; le ordenó un reposo largo; de todas formas, no iba a poder apoyar el pie en unos diez días.

Cuando fui a verla por la noche, estaba pálida, pero me sonrió de oreja a oreja.

—Estoy clavada en la cama hasta el final de las vacaciones —me dijo con voz triunfal.

—¿Le duele? —pregunté.

—¡Casi nada! —dijo—. Pero si me doliera diez veces más, lo preferiría a ir a casa de los Santenay —añadió. Me miró con expresión pícara—: ¡Esto es lo que se llama un accidente providencial!

Me la quedé mirando perpleja.

—¡Andrée! ¿No lo habrá hecho aposta?

—No podía tener la esperanza de que la Providencia se molestase por tan poca cosa —dijo alegremente.

—¿Cómo ha tenido valor? ¡Habría podido cortarse el pie!

Andrée se recostó y apoyó la cabeza en la almohada.

—No podía más —dijo.

Se quedó un momento mirando al techo en silencio; y al verle la cara blanca como la tiza y la mirada fija, noté que me volvía un antiguo miedo. Alzar el hacha, dar un hachazo: yo nunca habría sido capaz de hacerlo; solo con pensarlo, todo me daba un vuelco. Era lo que se le había pasado a ella por la cabeza en ese momento lo que me asustaba.

—¿Su madre sospecha algo?

—No creo. —Andrée se incorporó—. Ya le dije a usted que me las apañaría de una forma u otra para que me dejasen en paz.

—¿Ya lo tenía decidido?

—Estaba decidida a hacer algo. La idea del hacha se me ocurrió esta mañana mientras cortaba flores. Primero pensé en herirme con las tijeras de podar, pero no habría sido suficiente.

—Me da miedo —dije.

Andrée me dirigió una amplia sonrisa.

—¿Por qué? Me ha salido bien; no me he cortado mucho. —Y añadió—: ¿Le parece bien que le pregunte a mamá si puede quedarse usted hasta finales de mes?

—No querrá de ninguna manera.

—¡Déjeme que hable con ella!

¿Sospechó la señora Gallard una verdad que le provocó remordimientos y temores? ¿O fue el diagnóstico del médico lo que la preocupó? Aceptó que me quedase en Béthary para hacerle compañía a Andrée. Los Rivière de Bonneuil se marcharon al mismo tiempo que Malou y los Santenay, y la casa, de la noche a la mañana, se quedó muy tranquila. Andrée tuvo una habitación para ella sola y yo pasé muchas horas junto a su cama. Una mañana, me dijo:

—Anoche tuve una larga conversación con mamá acerca de Pascal.

—¿Y qué?

Andrée encendió un cigarrillo; cuando estaba nerviosa, fumaba.

—Ha hablado con papá. A priori, no tienen nada que objetar de Pascal; incluso les causó buena impresión el día en que lo trajo usted a casa. —Andrée me buscó la mirada—. Solo que entiendo a mamá: no conoce a Pascal, se pregunta si tiene intenciones serias.

—¿No se opondría a una boda? —pregunté, esperanzada.

—No.

—¡Bueno, pues eso es lo esencial! —dije—. ¿No está contenta?

Andrée dio una calada.

—No es posible hablar de boda antes de dos o tres años.

—Ya lo sé.

—Mamá exige que nos comprometamos oficialmente. Si no, me prohíbe ver a Pascal; quiere mandarme a Inglaterra para cortar.

—Pues se prometen y ya está. —Y añadí con vehemencia—: Sí, nunca ha hablado de eso con Pascal, ¡pero no supondrá usted que va a dejar que se vaya fuera dos años!

—¡No puedo obligarlo a prometerse conmigo! —dijo Andrée con voz alterada—. Me pidió que tuviera paciencia, me dijo que necesita tiempo para tener claro lo que siente; no voy a perseguirlo gritándole: «¡Vamos a prometernos!».

—Perseguirlo, no; explicarle la situación.

—El resultado es que lo pondré entre la espada y la pared.

—¡No es culpa suya! Es lo único que puede hacer.

Se resistió mucho rato, pero acabé convenciéndola de que hablase con Pascal. Solo se negó a ponerlo al tanto por carta; le dijo a su madre que hablaría con él a la vuelta. La señora Gallard estuvo de acuerdo. Estaba sonriente esos días; quizá pensaba: «¡Ya tengo colocadas a dos hijas!». Se mostró casi amable conmigo; y, a menudo, cuando le arreglaba las almohadas a Andrée o la ayudaba a ponerse una mañanita, le pasaba por los ojos algo que me recordaba a aquella foto suya de muchacha.

Andrée le había contado a Pascal con tono de broma cómo se había herido; él le escribió dos cartas preocupadas. Le decía que tenía mucha necesidad de que alguien sensato la cuidase y más cosas que no me contó; pero comprendí que ya no dudaba de los sentimientos de él. El reposo y las horas de sueño le devolvieron el color e incluso engordó un poco; nunca la había visto más lozana que el día en que por fin pudo levantarse.

Cojeaba un poco y le costaba andar. El señor Gallard nos prestó el Citroën un día entero. Yo había subido pocas veces en auto y nunca por gusto. Estaba jubilosa cuando me senté al lado de Andrée y el auto echó a correr por la avenida con todas las ventanillas bajadas. Fuimos siguiendo, a través del bosque de las Landas, una carretera larga y recta que pasaba entre los pinos hasta el cielo. Andrée conducía muy deprisa;

¡la aguja del cuentakilómetros casi llegaba a los ochenta por hora! Pese a lo competente que era, yo estaba un poco preocupada.

—¿No nos mataremos? —dije.

—¡Claro que no! —Andrée sonrió con expresión de felicidad—. Ahora lo último que quiero es morirme.

—¿Antes sí quería?

—¡Ay, sí! Todas las noches, al dormirme, deseaba no despertarme. Ahora le pido a Dios que me conserve la vida —añadió alegremente.

Salimos de la carretera general y dimos la vuelta despacio a estanques dormidos entre brezos; almorzamos a la orilla del océano, en un hotel desierto: la temporada estaba concluyendo, las playas se habían quedado desiertas y las villas estaban cerradas. En Bayona, compramos a las mellizas barritas de turrón de colores; nos comimos una mientras recorríamos a pasitos el claustro de la catedral. Andrée se apoyaba en mi hombro. Hablábamos de los claustros de España y de Italia a los que iríamos a pasear un día, y de otros países más lejanos, de largos viajes. Al volver hacia el auto, le señalé el pie vendado.

—¡Nunca entenderé cómo tuvo ese valor!

—Usted también lo habría tenido si se hubiera sentido acosada como yo. —Se tocó la sien—. Me acababan dando dolores de cabeza insoportables.

—¿Ya no le dan?

—Mucho menos. Hay que decir que, como me pasaba las noches sin dormir, abusaba del Maxiton y de la cola.

—¿No va a volver a hacerlo?

—No. A la vuelta habrá quince días muy penosos, hasta la boda de Malou; pero ahora tengo fuerzas.

Por un caminito que corría a lo largo del Adur volvimos al bosque. Pese a todo, la señora Gallard se las había ingeniado para encargarle un recado a Andrée: tenía que llevar a una campesina joven que estaba esperando un niño una canastilla que había tejido la señora Rivière de Bonneuil. Andrée detuvo el coche delante de una bonita casa landesa en medio de un calvero rodeado de pinos; yo estaba acostumbrada a las alquerías de Sadernac, a los montones de estiércol y a los arroyos de purín, y la elegancia de aquella casa de labor perdida en el bosque me sorprendió. La joven nos invitó a un rosado que hacía su suegro, abrió el armario para presumir de sus sábanas bordadas: olían bien a lavanda y a meliloto. Un pequeñín de diez meses reía en un moisés y Andrée lo entretuvo con sus medallas de oro: seguían gustándole mucho los niños.

—¡Está muy espabilado para su edad! —dijo Andrée.

En sus labios, los tópicos dejaban de ser triviales porque la voz y la sonrisa de los ojos eran sinceros.

—Este tampoco duerme nada —dijo alegremente la joven, poniéndose la mano en el vientre.

Era morena, de piel mate, como Andrée; tenía la misma complexión y era un poco corta de piernas, pero de porte grácil pese al embarazo avanzado. «Cuando Andrée esté esperando un niño, será exactamente igual», me dije. Por primera vez, me imaginé sin fastidio a Andrée casada y madre de familia. Tendría alrededor muebles bonitos y relucientes como aquellos; uno se sentiría a gusto en su casa. Pero no se pasaría las horas muertas sacando brillo a los cobres ni tapando tarros de mermelada con pergamino; tocaría el violín, y yo tenía, en secreto, la certeza de que escribiría libros: siempre le habían gustado tanto los libros y escribir...

«¡Qué bien le sentará la felicidad», me dije mientras ella hablaba con la joven madre del niño que iba a nacer y del que estaba echando los dientes.

—¡Qué día más estupendo! —dije cuando, pasada una hora, el coche se detuvo delante de los macizos de cinias.

—Sí —dijo Andrée.

Yo estaba segura de que ella también había pensado en el futuro.

Los Gallard volvieron a París antes que yo por la boda de Malou. Nada más llegar, llamé a Andrée y quedamos para el día siguiente; parecía que le corría prisa colgar y a mí no me gustaba hablar con ella sin verle la cara. No le pregunté nada.

La esperé en los jardines de los Campos Elíseos, frente a la estatua de Alphonse Daudet. Llegó un poco tarde y vi enseguida que algo iba mal; se sentó a mi lado sin intentar siquiera sonreírme. Le pregunté ansiosamente:

—¿Hay algo que no va bien?

—Sí —dijo ella. Añadió con voz átona—: Pascal no quiere.

—¿Qué es lo que no quiere?

—Que nos prometamos. Por ahora, no.

—¿Y entonces?

—Entonces, mamá me manda a Cambridge en cuanto pase la boda.

—¡Pero eso es absurdo! —dije—. ¡Es imposible! ¡Pascal no puede dejar que se vaya!

—Dice que nos escribiremos, que intentará ir a verme una vez, que dos años tampoco es tanto tanto —dijo con voz inexpresiva. Parecía estar repitiendo un catecismo en el que no creía.

—Pero ¿por qué? —dije.

Normalmente, cuando Andrée me contaba una conversación lo hacía con tanta claridad que me parecía haberla oído en persona; en esta ocasión, me hizo, con voz apagada, un relato confuso. Pascal había parecido emocionarse al verla, le había dicho que la quería, pero al oír la palabra «compromiso» le había cambiado la cara. «No», había dicho en el acto, ¡no! Su padre nunca consentiría en que se prometiera tan joven; después de todo lo que se había sacrificado por Pascal, el señor Blondel tenía derecho a contar con que su hijo se dedicase en cuerpo y alma a preparar las oposiciones: un asunto sentimental le parecería una distracción. Yo sabía que Pascal respetaba mucho a su padre, podía entender que su primera reacción hubiera sido el temor a disgustarlo; pero, después de enterarse de que la señora Gallard no iba a ceder, ¿cómo no lo había olvidado?

—¿Se ha dado cuenta él de lo desgraciada que se siente al pensar en irse?

—No lo sé.

—¿Se lo ha dicho?

—Algo.

—Habría que insistir. Estoy segura de que no ha intentado argumentar en serio.

—Parecía acorralado —dijo Andrée—. ¡Sé lo que es sentirse acorralada!

Le temblaba la voz y me di cuenta de que apenas si había atendido a los argumentos de Pascal, que no había tratado de refutarlos.

—Todavía se puede pelear —dije.

—¿Es que tengo que pasarme la vida peleando con la gente a la que quiero?

Lo dijo con tanta violencia que no insistí.

Comenté:

—¿Y si Pascal se explicase con su madre?

—Se lo he propuesto a mamá. No le basta. Dice que si Pascal pensara en serio en casarse conmigo, me presentaría a su familia; si se ha negado, ya solo queda cortar de raíz. ¡Menuda frase me ha soltado mamá! —dijo Andrée.

Se quedó pensativa un momento.

—Me ha dicho: «Te conozco bien: eres mi hija, carne de mi carne; no eres lo bastante fuerte para que te deje expuesta a las tentaciones; si sucumbieras a ellas, me merecería que el pecado recayese sobre mí».

Me interrogó con la mirada, como si tuviera la esperanza de que yo pudiera captar el sentido oculto de esas palabras; pero a mí, por el momento, me importaban un bledo los dramas íntimos de la señora Gallard. La resignación de Andrée me hacía perder la paciencia.

—¿Y si se negara a irse? —dije.

—¿Negarme? ¿Eso cómo se hace?

—No irán a meterla a la fuerza en un barco.

—Puedo encerrarme en mi cuarto y hacer huelga de hambre —dijo Andrée—. ¿Y qué? Mamá irá a tener una charla con el padre de Pascal. —Andrée se tapó la cara con las manos—. ¡No quiero pensar en mamá como en una enemiga! ¡Es espantoso!

—Hablaré con Pascal —dije, muy decidida—. Usted no ha sabido hablarle.

—No conseguirá nada.

—Déjeme intentarlo.

—Inténtelo, pero no conseguirá nada.

Andrée miró con expresión dura la estatua de Alphonse Daudet, pero tenía los ojos clavados en algo que no era ese mármol lánguido.

—Tengo a Dios en contra —dijo.

Esa blasfemia me sobresaltó como si hubiera sido creyente.

—Pascal diría que está blasfemando —dije—. Si Dios existe, no está en contra de nadie.

—¿Eso quién lo sabe? ¿Quién entiende qué es Dios? —dijo. Se encogió de hombros—. ¡Bah, a lo mejor me tiene reservado un buen sitio en su cielo! Pero aquí, en la tierra, lo tengo en contra. Sin embargo —añadió con voz apasionada—, ¡hay personas que están en el cielo y que fueron felices en este mundo!

De repente, se echó a llorar.

—¡No quiero irme! Dos años lejos de Pascal, lejos de mamá, lejos de usted. ¡No tendré fuerzas!

Nunca, ni siquiera cuando rompió con Bernard, había visto llorar a Andrée. Me habría gustado cogerle la mano, tener algún gesto con ella; pero quedé presa de nuestro austero pasado y no me moví. Pensé en esas dos horas que había pasado en el tejado de la mansión de Béthary, preguntándose si se tiraría: en ese momento, en su interior estaba todo igual de oscuro.

—Andrée —dije—, no se va a ir: es imposible que no convenza a Pascal.

Se enjugó los ojos, miró el reloj y se puso en pie.

—No conseguirá nada —repitió.

Yo estaba segura de lo contrario. Cuando llamé a Pascal por la noche, le noté una voz amistosa y alegre: quería a Andrée y se podía razonar con él; Andrée había fracasado porque se veía como perdedora: yo quería ganar y me saldría con la mía.

Pascal me esperaba en la terraza del Luxemburgo; siempre llegaba el primero a las citas. Me senté y en voz alta dimos fe de que hacía muy buen día. Alrededor del estanque, por el que navegaban veleros enanos, los parterres de flores parecían bordados en *petit point*; su comedido dibujo, el cielo despejado, todo confirmaba mi certidumbre: eran el sentido común y la verdad los que hablarían por mi boca; a Pascal no le quedaría más remedio que rendirse. Ataqué:

—Ayer pasé la tarde con Andrée.

Pascal me miró con expresión comprensiva.

—Yo también quería hablarle de Andrée. Sylvie, tiene que ayudarme.

Esas eran precisamente las palabras que me había dicho la señora Gallard tiempo atrás.

—¡No! —dije—. No lo ayudaré a convencer a Andrée de que se vaya a Inglaterra. ¡No debe irse! No sabe cuantísimo la espanta esa idea, pero yo lo sé.

—Me lo ha dicho —dijo Pascal—, y por eso le pido que me ayude a convencerla de que una separación de dos años no es ninguna tragedia.

—Para ella es una tragedia —dije—. No solo se separa de usted, sino de toda su vida. Nunca la he visto tan desdichada —añadí con vehemencia—. ¡No puede hacerla pasar por eso!

—Ya conoce a Andrée —dijo Pascal—. Ya sabe que de entrada siempre se lo toma todo demasiado a pecho: luego recobra el equilibrio. —Y añadió—: ¡Si Andrée accede a irse, segura de mi amor y con confianza en el porvenir, la separación no será tan terrible!

—¡Cómo quiere que esté segura de usted y confiada y todo lo demás si la deja irse! —dije. Miré a Pascal, consternada—. Vamos a ver, depende de usted que sea completamente feliz o terriblemente desventurada, ¡y usted escoge la desgracia!

—¡Ay, qué bien se le da simplificar! —dijo Pascal.

Recogió del suelo el aro que una niña acababa de lanzarle a las piernas y se lo hizo llegar con un ademán rápido.

—La felicidad y la desdicha son, ante todo, cuestión de disposiciones internas.

—En la disposición en que se encuentra Andrée, se pasará el día llorando —dije. Irritada, añadí—: ¡No tiene un corazón tan sensato como el suyo! Cuando quiere a la gente, siente la necesidad de verla.

—¿Por qué hay que desvariar so pretexto de estar enamorado? —dijo Pascal—. Aborrezco esos prejuicios románticos. —Se encogió de hombros—. La presencia no tiene tanta importancia en el sentido físico de la palabra. Y si no, es que es una importancia excesiva.

—Puede que Andrée sea romántica, puede que esté equivocada, pero si la quiere, debería intentar entenderla. No la cambiará con razonamientos.

Miré preocupada las plantabandas de heliotropos y salvia; de repente, pensé: «No voy a cambiar a Pascal con razonamientos».

—¿Por qué le da tanto miedo hablar con su padre? —le pregunté.

—No es miedo —dijo Pascal.

—¿Qué es?

—Se lo he explicado a Andrée.

—No ha entendido nada.

—Habría que conocer a mi padre y la relación que tengo con él —dijo Pascal.

Me miró con reproche.

—Sylvie, sabe que quiero a Andrée, ¿verdad?

—Sé que la deja desolada a ella para ahorrarle a su padre la mínima contrariedad. ¡Pero bueno! —dije, impaciente—. ¡Él ya se imaginará que usted acabará casándose algún día!

—Le parecería absurdo que me comprometiese tan joven; tendría muy mala opinión de Andrée y perdería toda la estima que siente por mí. —Pascal volvió a buscarme la mirada—: ¡Créame! Quiero a Andrée. Para negarle lo que me pide, las razones que tengo deben ser muy serias.

—Yo no las veo —dije.

Pascal buscó las palabras e hizo un gesto de impotencia.

—Mi padre es viejo, está cansado. ¡Es triste envejecer! —dijo con voz emocionada.

—¡Intente al menos explicarle la situación! Hágale notar que Andrée no soportará ese destierro.

—Me dirá que todo puede soportarse —dijo Pascal—. A él le ha tocado soportar mucho, ¿sabe? Estoy seguro de que pensará que esa separación es deseable.

—Pero ¿por qué? —dije.

Notaba en Pascal una obstinación que empezaba a alarmarme. Sin embargo, sobre nuestras cabezas no había más que un cielo, más que una sola verdad. Tuve una inspiración.

—¿Ha hablado con su hermana?

—¿Con mi hermana? No. ¿Por qué?

—Háblele. A lo mejor a ella se le ocurre una forma de plantearle las cosas a su padre.

Pascal se quedó callado un momento.

—A mi hermana la afectaría aún más que a él que me prometiese —dijo.

Me acordé de Emma: la frente despejada, el vestido azul marino con cuello de piqué blanco y aquel aire de propietaria que tenía cuando se dirigía a Pascal. Emma no era una aliada, desde luego.

—¡Ah! —dije—. ¿Es a Emma a quien tiene miedo?

—¿Por qué se niega a entenderlo? —dijo Pascal—. No quiero disgustar ni a mi padre ni a Emma después de todo lo que han sido para mí; me parece lógico.

—Emma no seguirá esperando que tome usted los hábitos, ¿verdad?

—Claro que no.

Titubeó.

—No es ninguna alegría ser viejo, y tampoco es ninguna alegría vivir con un viejo. Cuando yo me vaya, la casa le resultará muy triste a mi hermana.

Sí, entendía el punto de vista de Emma, mucho mejor que el del señor Blondel. Me preguntaba si, en realidad, no sería sobre todo por ella por lo que Pascal quería que sus amores fueran secretos.

—¡No les quedará más remedio que resignarse a que se vaya algún día! —dije.

—Solo pido a Andrée que tenga paciencia dos años —dijo Pascal—. Entonces, a mi padre le parecerá normal que piense en casarme, y Emma se habrá hecho un poco a la idea. Ahora los destrozaría.

—A Andrée la destroza irse. Si alguien debe sufrir, ¿por qué tiene que ser ella?

—Andrée y yo tenemos la vida por delante y la seguridad de que en el futuro seremos felices; bien podemos sacrificarnos una temporada por los que no tienen nada —dijo Pascal con cierta irritación.

—Sufrirá más que usted —dije. Miré a Pascal con hostilidad—. Es joven, sí: eso significa que tiene sangre en las venas, que quiere vivir...

Pascal negó con la cabeza.

—Esa es también una de las razones por las que seguramente es preferible que nos separemos —dijo.

Me quedé desconcertada.

—No entiendo —le dije.

—Sylvie, en algunos aspectos, usted va por detrás de la edad que tiene —me dijo con el tono que empleaba, tiempo atrás, el padre Dominique cuando me confesaba—. Y, además, no es creyente; hay cuestiones que se le escapan.

—¿Por ejemplo?

—Vivir la intimidad del noviazgo no les resulta fácil a los cristianos. Andrée es una mujer de verdad, una mujer de carne. Aun cuando no cedamos a las tentaciones, seguramente estarán presentes en todo momento: esa clase de obsesión es un pecado en sí.

Noté que me ruborizaba. No había previsto ese argumento y me resistía a tomarlo en consideración.

—Ya que Andrée está dispuesta a correr ese riesgo, no le corresponde a usted decidir por ella —dije.

—Sí, me corresponde a mí defenderla contra sí misma. Andrée es tan generosa que se condenaría por amor.

—¡Pobre Andrée! Todos quieren salvarla. ¡Y ella lo que quiere es ser un poco feliz en este mundo!

—Andrée tiene más sentido del pecado que yo —dijo Pascal—. He visto cómo la corroían los remordimientos por una historia inocente de la infancia. Si nuestra relación se volviera más o menos turbia, ella jamás se lo perdonaría.

Noté que estaba perdiendo la partida, la angustia me dio fuerzas.

—Pascal —dije—, escúcheme. Acabo de pasar un mes con Andrée; está agotada. Físicamente ha mejorado un poco, pero volverá a perder el apetito y el sueño. Acabará cayendo enferma. Está agotada espiritualmente; ¿se imagina en qué estado debía estar para cortarse el pie con el hacha?

De un tirón recapitulé lo que había sido la vida de Andrée desde hacía cinco años. El desgarro de su ruptura con Bernard, su decepción al descubrir la verdad del mundo en que vivía, la lucha reñida con su madre para tener derecho a comportarse como le dictaban el corazón y la conciencia; el remordimiento amargaba todas sus victorias, y en el menor de sus deseos veía la sospecha de un pecado. Según iba hablando, atisbaba precipicios que Andrée nunca había mostrado, pero que había intuido en algunas de sus palabras. Me estaba entrando miedo y me parecía que Pascal debía de estar asustado también.

—Todas las noches, durante estos cinco años, ha deseado morirse —dije—. Y el otro día estaba tan desesperada que me dijo: «¡Tengo a Dios en contra!».

Pascal negó con la cabeza; no le había cambiado la cara.

—Conozco a Andrée tan bien como usted —dijo—, e incluso más, porque puedo seguirla por terrenos que a usted le están vedados. Se le ha exigido mucho. Pero lo que usted no sabe es que Dios dispensa sus mercedes en la medida en que inflige las pruebas. Andrée tiene alegrías y consuelos que usted no sospecha.

Estaba vencida. Dejé bruscamente a Pascal y me fui con la cabeza gacha bajo el cielo embustero. Se me ocurrieron otros argumentos; no habrían servido de nada. Era curioso. Habíamos debatido cientos de cosas y siempre uno de los dos acababa convenciendo al otro. Hoy estaba en juego algo muy real y todos los razonamientos se estrellaban contra las tozudas evidencias que moraban en nosotros. En los días que siguieron, me pregunté a menudo cuáles eran los motivos auténticos a los que obedecía Pascal. ¿Era su padre, o era Emma quien lo intimidaba? ¿Creía en las historias esas de tentación y de pecado? ¿O no era todo más que un pretexto? ¿Se resistía a emprender ya una vida de adulto? Siempre había mirado el porvenir con aprensión. ¡Ay, no habría habido ningún problema si a la señora Gallard no se le hubiera ocurrido ese compromiso! Pascal habría visto tranquilamente a Andrée durante esos dos años; se habría convencido de que el amor de ambos iba en serio, se habría acostumbrado a la idea de hacerse hombre. No por ello me irritaba menos que fuera tan cabezota. Yo estaba resentida con la señora Gallard, con Pascal y también conmigo misma porque demasiadas cosas de Andrée seguían resultándome confusas y no podía ayudarla en serio.

Transcurrieron tres días antes de que Andrée encontrase de nuevo un ratito para verme; quedamos en el salón de té de los almacenes Le Printemps. A mi alrededor, mujeres perfumadas comían pastas y hablaban de lo cara que estaba la vida; desde el día en que nació Andrée, estaba previsto que se les pareciera: no se les parecía. Me preguntaba qué palabras iba a decirle; no se me había ocurrido ninguna para consolarme a mí misma.

Andrée se acercó con paso veloz.

—¡Llego tarde!

—No importa.

Llegaba tarde muchas veces, no porque careciera de escrúpulos, sino porque estaba dividida entre escrúpulos contradictorios.

—Me disculpo por haber quedado aquí, pero dispongo de tan poco tiempo... —dijo. Puso encima de la mesa el bolso y una colección de muestras de tejidos—. ¡Ya he ido a cuatro tiendas!

—¡Qué oficio tan duro! —dije.

Yo estaba al tanto de la rutina. Cuando las Gallard más pequeñas necesitaban un abrigo o un vestido, Andrée pasaba por todos los grandes almacenes y unas cuantas tiendas especializadas; llevaba muestras a casa y, después de un consejo de familia, la señora Gallard escogía un tejido en función de la calidad y el precio. En esta ocasión, se trataba de vestidos para la boda; no se podían tomar decisiones a la ligera.

—Tampoco es que sus padres se vayan a arruinar por cien francos más o menos —dije, impaciente.

—No, pero opinan que no hay que despilfarrar —dijo Andrée.

No habría sido un despilfarro, pensaba yo, ahorrarle a Andrée el cansancio y el fastidio de los recados latosos. Tenía ojeras marcadas y el colorete resaltaba con crudeza sobre la piel blanca. Sin embargo, para mi gran extrañeza, sonrió.

—Creo que las mellizas van a estar muy monas con esta seda azul.

Asentí con indiferencia.

—Parece cansada —dije.

—Los grandes almacenes me dan siempre dolor de cabeza, voy a tomarme una aspirina.

Pidió un vaso de agua y un té.

—Debería ver a un médico; le duele la cabeza con demasiada frecuencia.

—Bah, son migrañas; vienen y van, ya estoy acostumbrada —dijo Andrée, disolviendo dos comprimidos en el vaso de agua. Bebió y volvió a sonreír—. Pascal me ha contado su conversación —dijo—. Estaba un poco disgustado porque le dio la impresión de que tenía muy mala opinión de él. —Me miró, muy seria—. ¡No debe tenerla!

—No tengo mala opinión de él —dije.

No me quedaba elección. Ya que Andrée tenía que irse, más valía que confiara en Pascal.

—Es verdad que siempre exagero mucho —dijo—; creo que no voy a tener fuerzas: siempre se tienen fuerzas.

Cruzaba y descruzaba nerviosamente los dedos, pero la expresión de la cara era tranquila.

—Toda mi desgracia viene de no creer lo suficiente —añadió—. Tengo que creer en mamá, en Pascal, en Dios: entonces sentiré que no se odian mutuamente y que ninguno de ellos me desea nada malo.

Parecía hablar para sí misma más que para mí; no era eso lo que solía hacer.

—Sí —dije—. Ya sabe que Pascal la quiere y que acabarán casándose, así que esos dos años no son tan largos.

—Es mejor que me vaya —dijo—. Tienen razón y lo sé muy bien. Sé muy bien que la carne es un pecado, así que hay que huir de la carne. Tengamos el valor de mirar las cosas de frente —añadió Andrée.

No contesté.

—¿Estará libre allí? —pregunté—. ¿Tendrá tiempo para usted?

—Iré a algunas clases y tendré mucho tiempo libre —dijo Andrée. Tomó un sorbo de té; las manos se le habían calmado—. En ese sentido, esta estancia en Inglaterra es una oportunidad; si me quedara en París, llevaría una vida horrible. En Cambridge, respiraré.

—Tendrá que dormir y comer —dije.

—No tema, seré sensata. Pero quiero estudiar —dijo con voz animada—. Leeré a los poetas ingleses, hay algunos tan maravillosos... A lo mejor intento traducir algo. Y además, sobre todo, me gustaría hacer un estudio sobre la novela inglesa. Me parece que hay muchas cosas que decir sobre la novela, cosas que aún no ha dicho nadie. —Sonrió—. Todavía tengo las ideas un poco confusas, pero estos días se me han ocurrido un montón.

—Me gustaría mucho que me las contase.

—Quiero hablarlas con usted.

Andrée apuró la taza de té.

—La próxima vez me las apañaré para tener tiempo. Me disculpo por haberla hecho venir hasta aquí para cinco minutos, pero solo quería decirle que dejase de preocuparse por mí. He entendido que las cosas son justo como deben ser.

Salí con ella del salón de té y la dejé delante de un mostrador de caramelos y dulces. Me brindó una gran sonrisa animosa.

—La llamaré por teléfono. ¡Hasta pronto!

Lo que sucedió después lo supe por Pascal. Le hice referir la escena tantas veces y con tantos detalles que mi memoria apenas si la diferencia de mis recuerdos personales. Ocurrió dos días después, a media tarde. El señor Blondel estaba corrigiendo ejercicios en su despacho; Emma pelaba verduras; Pascal aún no había vuelto. Llamaron. Emma se limpió las manos y fue a abrir la puerta. Se encontró ante una joven morena correctamente vestida con un traje sastre gris, pero que no llevaba sombrero, lo que por entonces era algo completamente insólito.

—Me gustaría hablar con el señor Blondel —dijo Andrée.

Emma pensó que se trataba de una antigua alumna de su padre e hizo pasar a Andrée al despacho. El señor Blondel vio sorprendido que una joven desconocida se le acercaba tendiéndole la mano.

—¿Cómo está, señor Blondel? Soy Andrée Gallard.

—Disculpe —dijo él, estrechándole la mano—, no la recuerdo...

Ella se sentó y cruzó las piernas con desenfado.

—¿Pascal no le ha hablado de mí?

—¡Ah! ¿Es usted una compañera de Pascal? —dijo el señor Blondel.

—Una compañera, no —dijo ella. Miró alrededor—: ¿No está en casa?

—No...

—¿Dónde está? —preguntó ella, inquieta—. ¿Está ya en el cielo?

El señor Blondel la miró atentamente: tenía los pómulos encarnados; estaba claro que tenía fiebre.

—No tardará en volver —dijo.

—Da lo mismo. Es a usted a quien he venido a ver —dijo Andrée. Sintió un escalofrío—. ¿Me está mirando para ver si llevo la marca del pecado en la cara? Le juro que no soy una pecadora; siempre he luchado, siempre —dijo con vehemencia.

—Parece usted una joven muy simpática —balbució el señor Blondel, que empezaba a estar en ascuas; para colmo, era un poco sordo.

—No soy una santa —dijo ella; se pasó la mano por la frente—. No soy una santa, pero no haré daño a Pascal. Se lo ruego: ¡no me obligue a irme!

—¿A irse? Pero ¿adónde?

—No lo sabe: a Inglaterra, es adonde me quiere mandar mi madre si me obliga usted a irme.

—Yo no la obligo —dijo el señor Blondel—. Es un malentendido. —La palabra lo alivió; repitió—: Es un malentendido.

—Sé llevar una casa —dijo Andrée—. A Pascal no le faltará de nada. Y no me gusta la vida social. Con tener algo de tiempo para practicar con el violín y para ver a Sylvie, no necesito nada más. —Miró al señor Blondel con expresión ansiosa—. ¿No le parezco sensata?

—De lo más sensata.

—Entonces, ¿por qué está en mi contra?

—Querida amiguita, le repito que hay un malentendido: yo no estoy en contra de usted —dijo el señor Blondel.

No entendía nada de lo que estaba oyendo, pero aquella joven de mejillas febriles le daba pena; sentía deseos de tranquilizarla y habló con tanto brío que a Andrée se le relajó la expresión.

—¿De verdad?

—Se lo juro.

—Entonces, ¿no nos prohibirá que tengamos hijos?

—Por supuesto que no.

—Siete hijos es demasiado —dijo Andrée—; por fuerza, alguno se echa a perder; pero tres o cuatro está bien.

—¿Y si me contase su historia? —dijo el señor Blondel.

—Sí —dijo Andrée. Se quedó pensando un momento—. ¿Sabe?, me decía que debería tener fuerzas para irme, me decía que iba a tenerlas. Y esta mañana, al despertarme, me he dado cuenta de que no podía. Así que he venido a pedirle que se compadezca de mí.

—No soy un enemigo —dijo el señor Blondel—. Cuéntemelo.

Ella se lo contó sin demasiadas incoherencias. Pascal oyó su voz a través de la puerta y quedó conmocionado.

—¡Andrée! —dijo con tono de reproche, entrando en la habitación.

Pero su padre le hizo una seña.

—La señorita Gallard tenía que hablar conmigo y estoy encantado de haberla conocido —dijo—. Solo que está cansada y tiene fiebre; vas a llevarla a casa de su madre.

Pascal se acercó a Andrée y le cogió la mano.

—Sí, tiene fiebre —dijo.

—No importa; estoy tan contenta... ¡Su padre no me odia!

Pascal le tocó el pelo a Andrée.

—Espéreme. Voy a llamar a un taxi.

Su padre lo siguió hasta el recibidor y le contó la visita de Andrée.

—¿Por qué no me habías puesto al tanto? —le preguntó con reproche.

—Me he equivocado, seguramente —dijo Pascal.

De pronto notó en la garganta algo desconocido, inclemente e insoportable. Andrée había cerrado los ojos; esperaron el auto en silencio. Él la tomó del brazo para bajar las escaleras. En el taxi, Andrée apoyó la cabeza en su hombro.

—Pascal, ¿por qué no me ha besado nunca?

La besó.

Pascal tuvo una breve charla con la señora Gallard; se sentaron junto a la cama de Andrée.

—No vas a irte: ya está todo arreglado —dijo la señora Gallard.

Andrée sonrió.

—Hay que pedir champán —dijo.

Y luego empezó a delirar. El médico le recetó calmantes; habló de meningitis, de encefalitis, pero no se pronunció.

Un telegrama de la señora Gallard me informó de que Andrée había estado delirando toda la noche. Los médicos habían dicho que había que aislarla y la habían llevado a una clínica de Saint-Germain-en-Laye, donde intentaban por todos los medios que le bajase la fiebre. Pasó tres días a solas con una enfermera.

—Quiero a Pascal, a Sylvie, mi violín y champán —repetía en sus divagaciones.

La fiebre no bajó.

La señora Gallard la estuvo velando la cuarta noche; por la mañana, Andrée la reconoció.

—¿Voy a morirme? —le preguntó—. No debo morirme antes de la boda: ¡las niñas estarán monísimas con esa seda azul!

Estaba tan débil que apenas si podía hablar. Repitió varias veces: «¡Voy a estropear la fiesta! ¡Lo estropeo todo! ¡Solo os he dado disgustos!».

Más tarde, le estrechó las manos a su madre.

—No tengáis pena —dijo—, en todas las familias alguien se echa a perder; ese alguien era yo.

Quizá dijo más cosas, pero la señora Gallard no se las contó a Pascal. Cuando, a eso de las diez, llamé por teléfono a la clínica, me dijeron: «Se acabó». Los médicos seguían sin pronunciarse.

Volví a ver a Andrée en la capilla de la clínica, tendida en medio de un parterre de velas y flores. Llevaba uno de sus camisones largos de lienzo áspero. Le había crecido el pelo y le caía en mechones lacios en torno a un rostro amarillento y tan flaco que apenas reconocí sus rasgos. Las manos, de largas garras pálidas, cruzadas sobre el crucifijo, parecían a punto de desmenuzarse, como las de una momia muy vieja.

La enterraron en el pequeño cementerio de Béthary, entre el polvo de sus antepasados. La señora Gallard sollozaba. «No hemos sido más que instrumentos en las manos de Dios», le dijo el señor Gallard. La tumba estaba cubierta de flores blancas.

Comprendí confusamente que Andrée había muerto asfixiada por esa blancura. Antes de coger el tren, puse encima de los ramos inmaculados tres rosas rojas.

Epílogo

Junto a Simone de Beauvoir, de nueve años de edad, alumna del centro escolar católico Adeline Desir, aparece una morenita de pelo corto, Élisabeth Lacoin, conocida por Zaza, que le lleva unos cuantos días. Espontánea, divertida y atrevida, destaca en el conformismo reinante. Al comienzo del curso siguiente, Zaza no está. El mundo, taciturno y agobiante, se ensombrece cuando, de pronto, aparece la impuntual y, con ella, el sol y la felicidad. Su inteligencia despierta y sus múltiples talentos seducen a Simone; la admira, está subyugada. Se disputan los primeros puestos, se vuelven inseparables. No es que Simone no sea feliz en su familia, entre su madre joven y muy querida, su admirado padre y una hermana pequeña y sumisa. Pero lo que le sucede a esa niña de diez años es la primera aventura del corazón: lo que siente por Zaza es pasión; la venera, teme desagradarla. No entiende, por supuesto, en la patética vulnerabilidad de la infancia, esa revelación precoz que la fulmina; es a nosotros, sus testigos, a quienes resulta tan conmovedora. Sus largas conversaciones a solas con Zaza tienen para ella un valor infinito. Su educación, por supuesto, las encorseta, nada de confianzas, se llaman de usted; pero, pese a esa reserva, se hablan como Simone nunca había hablado con nadie. ¿Cuál es ese sentimiento sin nombre que, con la etiqueta convencional de amistad, le abrasa el corazón aún sin estrenar, maravillado y en trance, sino el amor? Simone se da cuenta enseguida de que Zaza no siente un apego análogo ni sospecha la intensidad del suyo, pero ¿qué más da eso comparado con el deslumbramiento de amar?

Zaza muere de forma brutal un mes antes de cumplir los veintidós años, el 25 de noviembre de 1929. Una catástrofe sobrevenida que perseguirá a Simone de Beauvoir. Durante mucho tiempo, su amiga regresa a sus sueños, con la cara amarillenta bajo una capelina rosa, mirándola con reproche. Para abolir el anonadamiento y el olvido no queda sino un recurso: el sortilegio de la literatura. Cuatro veces, en diferentes trasposiciones, en novelas de juventud inéditas, en su recopilación *Cuando predomina lo espiritual*,* en un pasaje suprimido de la novela *Los mandarines*,** con la que ganó el Premio Goncourt en 1954; cuatro veces ya la escritora intentó en vano resucitar a Zaza. Insiste ese mismo año, en una novela corta, inédita hasta ahora, a la que no puso título y que aquí publicamos. Esta última trasposición a la ficción no la satisface, pero la conduce, por un desvío esencial, a la conversión literaria decisiva. En 1958, integra en su obra autobiográfica la historia de la vida y de la muerte de Zaza: son las *Memorias de una joven formal*.***

* Traducción de José Blanco, Barcelona, Edhasa, 1989. *(N. de las TT.)*
** Traducción de Silvina Bullrich, Barcelona, Edhasa, 1986. *(N. de las TT.)*
*** Traducción de Silvina Bullrich, Barcelona, Edhasa, 1990. *(N. de las TT.)*

Esta novela corta, que Simone de Beauvoir acabó y conservó pese al juicio crítico que le merecía, no por ello deja de ser muy valiosa: ante un misterio, las preguntas se exacerban, se multiplican los enfoques, las perspectivas, los puntos de vista. Y la muerte de Zaza sigue siendo en parte un misterio. Las luces que arrojan sobre ella los dos últimos escritos de 1954 y 1958 no coinciden con exactitud. Es en la novela corta donde por primera vez se escenifica el tema de la gran amistad. De esas amistades enigmáticas como el amor que hicieron escribir a Montaigne acerca de La Boétie y de sí mismo: «Porque él era él, porque yo era yo». Al lado de Andrée, que encarna a Zaza en la novela, hay una narradora que dice «yo», su amiga Sylvie. «Las dos inseparables» están reunidas en el relato común lo mismo que en la vida, para enfrentarse a los acontecimientos, pero es Sylvie quien, a través del prisma de su amistad, los refiere, permitiendo, por el juego de los contrastes, desvelar su irreductible ambigüedad.

El hecho de elegir la ficción implicaba trasposiciones varias y modificaciones que hay que descifrar. Los nombres de personajes y de lugares, y las situaciones familiares son diferentes a los reales. Andrée Gallard ocupa el lugar de Élisabeth Lacoin y Sylvie Lepage, el de Simone de Beauvoir. En la familia Gallard (Mabille en las *Memorias de una joven formal*) hay siete hijos, de los que solo uno es chico; en casa de los Lacoin había nueve hijos vivos, seis chicas y tres chicos. Simone de Beauvoir solo tenía una hermana; su alias, Sylvie, tiene dos. Reconocemos, por supuesto, en el colegio Adélaïde el famoso centro Desir, sito en la calle de Jacob, en Saint-Germain-des-Prés: allí fue donde sus profesoras bautizaron a las niñas como «las inseparables». Esta expresión, que tiende un puente entre la realidad y la ficción, da en adelante título a la novela corta. Tras Pascal Blondel se oculta Maurice Merleau-Ponty (Pradelle en las *Memorias*), huérfano de padre, muy apegado a su madre, con quien vivía, y también con una hermana que en nada se parece a Emma. La finca de Meyrignac, en Limosín, se convierte en Sadernac, mientras Béthary se corresponde con Gagnepan —donde Simone de Beauvoir pasó dos temporadas—, una de las dos residencias de los Lacoin en las Landas, junto con Haubardin. Allí está enterrada Zaza, en Saint-Pandelon.

¿De qué murió Zaza?

De una encefalitis vírica, según la fría objetividad científica. Pero ¿qué fatal concatenación, que se remonta mucho más en el tiempo, encerrando en sus redes la totalidad de su existencia, acabó poniéndola, debilitada, agotada y desesperada, en manos de la locura y la muerte? Simone de Beauvoir habría contestado: «Zaza murió por haber sido excepcional. La asesinaron, su muerte fue un "crimen espiritualista"».

Zaza murió porque intentó ser ella misma y porque la convencieron de que esa pretensión era algo malo. En la burguesía católica militante en que nació el 25 de diciembre de 1907, en su familia de tradiciones rígidas, el deber de una chica consistía en olvidarse de sí misma, en renunciar a sí misma, en adaptarse. Porque Zaza era excepcional, no pudo «adaptarse», palabra funesta que significa encajonarse en el molde prefabricado donde nos espera un alveolo al que rodean más alveolos: lo que rebase lo comprimirán, lo aplastarán, lo tirarán como un desperdicio. Zaza no pudo encajonarse, trituraron su singularidad. Ese fue el crimen, el asesinato. Simone de Beauvoir recordaba con una especie de espanto cómo tomaron una foto de familia en Gagnepan, con los nueve hijos colocados por orden de edad: las seis chicas uniformadas con un vestido de tafetán azul y, en la cabeza, un sombrero idéntico de paja adornado con acianos. Ahí tenía su puesto Zaza, esperándola desde tiempo inmemorial, el de la segunda de las hijas Lacoin. La joven Simone rechazó fanáticamente esa imagen. No, Zaza no era eso, era «la única». Que una libertad pudiera emerger de forma imprevista era lo que negaban todos los credos de su familia: el grupo la asedia sin tregua, es presa de los «deberes sociales». Rodeada de un batallón de hermanos y hermanas, de primos, de amigos, de una dilatada parentela, a Zaza la engullen tareas, obligaciones sociales, visitas o diversiones colectivas, y no le queda ni un momento libre, nunca la dejan a solas, o a solas con su amiga, no es dueña de sí misma, no le conceden un tiempo privado ni para el violín ni para los estudios; se le niega el privilegio de la soledad. Por eso los veranos en Béthary son para ella un infierno. Se asfixia; tanto aspira a escapar de esa omnipresencia ajena —que recuerda a la mortificación similar que se impone en algunas órdenes religiosas— que llega incluso a cortarse con un hacha en un pie con tal de librarse de una tarea impuesta y particularmente aborrecible. De lo que se trata en ese ambiente es de no singularizarse, de existir no para sí, sino para los demás. «Mamá nunca hace nada para ella, se pasa la vida dedicada a los demás», dice un día. Bajo la impregnación constante de esas tradiciones alienantes, toda vida individualizada muere antes de nacer. Ahora bien, no hay nada que escandalice más a Simone de Beauvoir y eso es lo que quiere mostrar la novela, un escándalo al que se puede calificar de filosófico, puesto que atenta contra la condición humana. La afirmación del valor absoluto de la subjetividad quedará en el núcleo de su pensamiento y de su obra, no del individuo, un simple número relacionado con una muestra, sino de la individualidad única que convierte a cada uno de nosotros en «el más insustituible de los seres», como decía André Gide, la existencia de esa conciencia en concreto, *hic et nunc*. «Valorad lo que nunca se verá dos veces.» Convicción inquebrantable, originaria y que la reflexión filosófica sustentará: lo absoluto ocurre aquí, en esta tierra, durante nuestra sola y única existencia. Se entiende, pues, que en la historia de Zaza la apuesta era esencial.

¿Cuáles fueron los desencadenantes de la tragedia? Varios datos se trenzan en un haz en que algunos saltan a la vista: la adoración por su madre, cuya desautorización la desespera. Zaza quiso con locura a su madre, un amor celoso y desdichado. Su ímpetu topaba contra cierta frialdad en esta, y su segunda hija se sentía ahogada en el conjunto de los hermanos, una entre los demás. Hábilmente, la señora Lacoin no recurría a su autoridad para reprimir la turbulencia de sus hijos pequeños y la conservaba intacta para garantizar mejor su dominio cuando llegase el momento de lo esencial. El encarrilamiento de una hija lleva al matrimonio o al convento; no puede decidir su destino a tenor de sus gustos y sus sentimientos. Corresponde a la familia determinar las uniones, organizando «entrevistas», seleccionando a los candidatos en función de intereses ideológicos, religiosos, sociales y económicos. Hay que casarse con alguien del propio ambiente. Por primera vez, a los quince años, Zaza tropieza con esos dogmas mortíferos: cercenan su amor por su primo Bernard con una separación brutal y hete aquí que, por segunda vez, a los veinte años, amenazan con doblegarla. Su elección del candidato sin oportunidades, Pascal Blondel, su esperanza de casarse con él: otras tantas salidas de tono sospechosas e inaceptables desde el punto de vista del clan. El drama de Zaza es que en lo más hondo lleva un aliado que secunda arteramente al enemigo: no tiene fuerzas para poner en tela de juicio a una autoridad sagrada y queridísima cuya sanción la mata. En cuanto la reprobación materna le corroe la confianza en sí misma y el gusto por la vida, la interioriza y llega casi a dar la razón al juez que la condena. La represión que ejerce la señora Lacoin es tanto más paradójica cuanto que se intuye una grieta en el bloque de su conformismo: de joven, al parecer, también a ella la obligó su madre a un matrimonio que la repugnaba. Tuvo que «adaptarse» —ahí es donde aparece esa palabra atroz—, renegó de sí misma y, convertida en una imperial matrona, decidió reproducir el engranaje triturador. ¿Qué frustración, qué resentimiento se ocultaban tras ese aplomo?

La tapadera de la devoción, o más bien del espiritualismo, fue un peso abrumador en la vida de Zaza. Estuvo sumida en un ambiente saturado de religión: nacida en una dinastía de católicos militantes, con un padre presidente de la Liga de

Padres de Familia Numerosa y una madre que ocupaba un lugar importantísimo en la parroquia de Santo Tomás de Aquino, uno de los hermanos, sacerdote, y una de las hermanas, monja. Todos los años, la familia iba en peregrinación a Lourdes. Lo que Simone de Beauvoir denuncia con el nombre de espiritualismo es la «blancura», la mistificación que consiste en cubrir con el aura de lo sobrenatural valores de clase muy terrenales. Por supuesto, los mistificadores son los primeros mistificados. La referencia automática a la religión lo justifica todo. «No hemos sido más que instrumentos en las manos de Dios», dice el señor Gallard tras la muerte de su hija. Doblegaron a Zaza porque interiorizó un catolicismo que, generalmente, no es sino una práctica cómoda y formal. Su categoría excepcional la perjudicó una vez más. Aunque cayó en la cuenta de la hipocresía, de las mentiras, del egoísmo y del «moralismo» de su ambiente, cuyas acciones tanto como sus ideas interesadas y mezquinas traicionan constantemente el espíritu de los Evangelios, su fe, si bien se tambaleó por un momento, persistió. Pero sufre con un exilio interior, con la incomprensión de sus allegados, con su aislamiento —ella, a la que nunca dejan a solas—, con una soledad existencial. La autenticidad de sus exigencias espirituales solo vale para mortificarla en el sentido propio de la palabra, para torturarla, acorralándola con sus contradicciones íntimas. Porque para ella la fe no es, como para muchos, una complaciente instrumentación de Dios, un sistema para darse la razón, para autojustificarse y eludir sus responsabilidades, sino la puesta en entredicho de un Dios silencioso, oscuro, un Dios oculto. Verdugo de sí misma, se destroza: ¿hay que obedecer, hay que embrutecerse, hay que someterse, olvidarse de una misma, como le repite su madre? ¿O hay que desobedecer, que rebelarse, que reivindicar los dones y los talentos que nos han correspondido, como la anima a hacer su amiga? ¿Cuál es la voluntad de Dios? ¿Qué espera de ella?

La obsesión del pecado minó su vitalidad. Al contrario que su amiga Sylvie, Andrée/Zaza está muy informada de las cuestiones sexuales. La señora Gallard, con una brutalidad casi sádica, ha avisado a su hija de quince años de las crudezas del matrimonio. No le ha ocultado que la noche de bodas es «un mal rato que hay que pasar». La experiencia de Zaza ha desmentido ese cinismo; está al tanto de la magia de la sexualidad, de la turbación; los besos que se dieron su amiguito Bernard y ella no fueron platónicos. Se burla de la simplonería de las jóvenes vírgenes que la rodean, de la hipocresía de los biempensantes que «blanquea», niega o disimula la irrupción de las crudas necesidades de un cuerpo vivo. Pero, a la inversa, sabe que es vulnerable a la tentación y un exceso de escrúpulos emponzoña su cálida sexualidad, su temperamento ardiente, su amor carnal a la vida: sospecha que hasta en el menor de sus deseos hay un pecado, el pecado de la carne. El remordimiento, el temor y la culpa la trastornan; y esa condena de sí misma refuerza en ella la tentación de renunciar, el gusto por el anonadamiento e inquietantes tendencias autodestructivas. Acaba por capitular ante su madre y Pascal, que la convencen del peligro de un noviazgo largo, y acepta desterrarse en Inglaterra, siendo así que todo su ser se niega a ello. Esa postrera imposición feroz a la que se somete acelera el desastre. Zaza murió de todas las contradicciones que la descuartizaban.

En esta novelita, el papel de Sylvie, la Amiga, no es sino el de facilitar que comprendamos a Andrée. Como bien destaca Éliane Lecarme-Tabone, pocos recuerdos suyos aparecen, nada se sabe de su vida, de su lucha personal, de la turbulenta historia de su emancipación y, sobre todo, del antagonismo fundamental entre los intelectuales y los biempensantes —tema que constituye el eje de las *Memorias de una joven formal*—, que no está aquí más que esbozado. Pero vemos, pese a todo, que está mal vista en el ambiente de Andrée, donde apenas la toleran. Mientras los Gallard disfrutan de una cómoda holgura, su familia, inicialmente de una burguesía acomodada, quedó arruinada y desclasada después de la guerra de 1914. No se le ahorran disimuladas humillaciones en la vida cotidiana de sus estancias en Béthary: señalan con el dedo su peinado, su ropa, y Andrée, discretamente, le cuelga un vestido bonito en el armario. Y hay más: la señora Gallard no se fía de ella, de esa joven descarriada que estudia en la Sorbona, tendrá una profesión, se ganará la vida y la independencia. La desgarradora escena en la cocina, en la que Sylvie revela a Zaza, que se queda boquiabierta, lo que fue para ella en el pasado —todo—, es el punto en que las relaciones de ambas amigas se invierten. A partir de entonces, será Zaza la que más quiera. Sylvie tiene por delante el infinito del mundo, mientras que Andrée se encamina hacia la muerte. Pero es Sylvie/Simone quien va a resucitar a Andrée, con ternura y respeto, va a resucitarla y hacerle justicia por la gracia de la literatura. No puedo por menos de recordar que cada una de las cuatro partes de las *Memorias de una joven formal* concluye con las palabras siguientes: «Zaza», «contaría», «la muerte», «su muerte». Simone de Beauvoir se siente culpable porque, en cierto modo, sobrevivir es una culpa. Zaza fue el rescate; llegó incluso a escribir en unas notas inéditas «la sagrada forma» de su evasión. Pero para nosotros, esta novela corta suya ¿no cumple acaso esa misión casi sagrada que les encomendaba ella a las palabras: luchar contra el tiempo, luchar contra el olvido, luchar contra la muerte, «hacerle justicia a esa presencia absoluta del instante, a esa eternidad del instante que ya es para siempre»?

SYLVIE LE BON DE BEAUVOIR

DOCUMENTOS
ICONOGRÁFICOS

Damos las gracias a Sylvie Le Bon de Beauvoir y a la Asociación Élisabeth Lacoin por su amable colaboración.

La familia Lacoin hacia 1923 en Haubardin. Zaza es la cuarta por la izquierda de la segunda fila.

Fachada de la casa de Gagnepan en 1927, donde Zaza y Simone pasaron largas temporadas de vacaciones.

Simone en 1915, poco antes
de conocer a Zaza.

Foto de Zaza, 1928.

Maurice Merleau-Ponty,
el gran amor de Zaza,
Pascal en este libro.

De izquierda a derecha: Zaza, Simone y Geneviève de Neuville en Gagnepan, en septiembre de 1928. Zaza y Simone llevaban siendo amigas desde que tenían diez años, cuando eran alumnas del centro Desir, en París.

Simone de Beauvoir jugando al tenis en Gagnepan, 1928.

Zaza y Simone de Beauvoir en Gagnepan, en septiembre de 1928.

El número 71 de la calle de Rennes, donde vivió Simone entre 1919 y 1929, en el quinto izquierda.

Jean-Paul Sartre y Simone de Beauvoir en julio de 1929,
en la feria de la puerta de Orléans, mientras preparaban las
cátedras de enseñanza media.

El café de Flore, del que Simone fue clienta asidua desde 1938.

En el bar de Pont Royal en 1948.

Páginas 1 y 4 de una carta de Simone a Zaza, siendo niñas. La escribió a los doce años con tinta color violeta y la firma «Su inseparable».

Mi querida Zaza:

Decididamente creo que la única pereza igual a la suya es la mía, hace quince días que recibí su larga carta y aún no me he decidido a contestar. Me lo paso tan bien aquí que no me ha dado tiempo. Vengo de cazar; es la tercera vez que voy. Por lo demás, no he tenido suerte, mi tío no ha matado nada los días en que he ido con él. Hoy le ha dado a una perdiz, pero cayó en un matorral y como no tenía [...] queda en absoluto. ¿Hay moras en Gagnepan? En Meyrignac cogemos muchas, los setos están llenos, así que nos chupamos los dedos. Adiós, mi querida Zaza, no me haga esperar su carta tanto tiempo como le he hecho yo esperar la mía. Muchos besos con todo el cariño y también a sus hermanos y hermanas y, sobre todo, a su ahijado. Mis respetos a la señora Lacoin y también muchos recuerdos de parte de mamá.

Su inseparable SIMONE

Procure que no le cueste demasiado leer estos garabatos.

Carta de Zaza a Simone del 3 de septiembre de 1927 en que
menciona el hachazo que se pegó ella misma para librarse del
barullo de Gagnepan.

Gagnepan, 3 de septiembre de 1927

Mi querida Simone:

Su carta me ha llegado en un momento en que unas cuantas horas a solas conmigo y el haber reflexionado con sinceridad acababan de devolverme mucha más lucidez y comprensión respecto a mí misma de las que he tenido durante la primera parte de las vacaciones. He tenido la alegría, al leerla, de notar que seguíamos aún muy cercanas, siendo así que su última carta me había dado la impresión de que estaba alejándose mucho de mí y cambiaba de camino con bastante brusquedad. Discúlpeme por, en resumidas cuentas, haberla entendido tan mal. Mi error procede de que en su penúltima carta insistía mucho en esa búsqueda de la verdad, su conquista más reciente; lo que pasa es que me pareció ver en ese remate que no es sino una meta, sino un sentido que le da a su existencia, una renuncia a todo lo demás, un abandono de toda esa parte tan hermosa de nuestra humanidad. Me doy cuenta de que dista mucho de estar pensando en una mutilación de ese tipo y que no renuncia a nada de sí misma; ahí reside, ahora estoy convencida de ello, la auténtica energía y creo que hay que esforzarse en llegar a cierto punto de perfección interior en que todas nuestras contradicciones se desvanezcan y nuestro yo se cumpla cuan grande es. Y por eso me gustó esa expresión suya de «salvarse entera» que es el concepto más hermoso de la existencia y no anda muy lejos de «la salvación» de la religión cristiana cuando se toma en su sentido más amplio.

[...] Aun cuando no me lo hubiera dicho, sabría que en este momento hay en usted una gran paz solo por el sosiego que me ha aportado su carta. No hay en el mundo nada más dulce que sentir que existe alguien que puede entenderte por completo y con cuya amistad se puede contar totalmente.

Venga en cuanto pueda: el 10, si le es posible, nos va bien, y también, por lo demás, cualquier otra fecha. Coincidirá aquí con los De Neuville, que estarán del 8 al 15; llevará, pues, los primeros días una vida ajetreada, pero cuento con que alargue su estancia hasta mucho después de que se hayan ido y que le agrade la calma de Gagnepan tanto como su barullo. Noto que mi frase «divertirse para olvidarlo todo» ha despertado en usted casi un reproche y quiero justificarme, pues he ido mucho más allá de lo que pienso; sé por experiencia que hay momentos en que nada puede distraerme de mí misma y que divertirme es entonces un auténtico suplicio. Recientemente, en Haubardin, organizaron una gran excursión con amigos por el País Vasco; en aquel momento, tenía tal necesidad de soledad, una imposibilidad tal de divertirme, que me di un hachazo en el pie para librarme de esa expedición. Me costó ocho días en una *chaise-longue* y frases compasivas, así como exclamaciones acerca de mi imprudencia y mi torpeza, pero al menos dispuse de un poco de soledad y del derecho a no hablar y a no divertirme.

Tengo la firme esperanza de no verme obligada a hacerme un corte en el pie mientras esté usted aquí; el 11 tenemos ya decidido ir a ver, a veinticinco kilómetros de aquí, una corrida de vacas landesas y parar en un castillo antiguo donde viven unos primos nuestros. Intente estar aquí, se lo ruego. Respecto a lo de su tren, no sé qué decirle. ¿Viene usted por Burdeos o por Montauban? Si es por Montauban, podemos ir a buscarla a Riscle, que no cae lejos de aquí, para evitarle un trasbordo. Coja el tren que quiera, iré a cualquier hora del día o de la noche a recogerla con el coche.

Me gustaría mucho saber qué tal está pasando las vacaciones; si pudiera escribirme, en cuanto llegue esta carta, a la lista de correos de Marsella, podría tener noticias suyas. Estoy muy a menudo con usted, pese a la distancia. Ya lo sabe, pero se lo digo para tener el gusto de ver cómo mi pluma escribe una verdad tan innegable.

Un afectuoso beso, recuerdos a Poupette y mis respetos a sus padres.

ZAZA

Página 1 de una carta de Simone a Zaza escrita en papel de luto que justifica el reciente fallecimiento de su abuelo (el 12 de mayo de 1929 en Meyrignac).

[Página 1]

(París) Domingo, 23 de junio de 1929

Querida, querida Zaza:

¿Cómo pensar tanto en usted sin que entren ganas de decírselo? Vuelvo a sentir esta noche esa sed de su presencia que, con tanta frecuencia, de pequeña, me hizo llorar de cariño; pero entonces no me atrevía a escribírselo; ¿privarme de ello ahora en un momento en que dos días sin usted, me parecen, ridículamente, una larga ausencia?

Me parece que ha notado, igual que yo, a qué maravilloso momento de nuestra amistad hemos llegado en estos quince últimos días; y el viernes, por ejemplo, habría dado lo que fuera para que entre nosotras y Rumpelmeyer el tiempo se alargase indefinidamente.

En Gagnepan hubo muchos días estupendos: un paseo por los bosques en que hablamos de Jacques; una noche, sobre todo, cuyo recuerdo se me quedó dentro, hermoso como lo imposible. Pero quedaba aún pendiente no sé qué esfuerzo para alcanzarnos mutuamente, una desconfianza del día de mañana, el temor de un éxito provisional.

Estuvo su vuelta de Berlín: la noche en que fuimos juntas a buscar a Poupette; el día siguiente por la noche en *El príncipe Ígor*: permanecen en mí, deslumbradores como promesas. Estos últimos días tienen la belleza más infrecuente de las culminaciones. De usted a mí, con la conciencia más clara de lo que debe rechazar debido a esa misma claridad, una confianza más a salvo de cualquier reconsideración, un cariño más relajado; de mí a usted, la certidumbre de que me entiende, la sensación de que la entiendo, mejor que nunca quizá, y seguramente la alegría incomparable de admirar sin reservas lo que se entiende más completamente que nunca. Si hubiéramos jugado al juego que inventó…

[La página 2 no aparece en la foto, ni la 4.]

Página 3. Simone de Beauvoir cita en su carta de junio un fragmento de su diario (1 de mayo).

[Página 3]

… los cariños para tener la seguridad de preferirlo; y que al dar a cada cual en mi corazón todo el espacio que puede ocupar, ese corazón siga siendo por entero para él.

Siento todo esto con frecuencia, casi sin quererlo, pues me he prohibido voluntariamente volver a colocarme ante él, hacerme preguntas sobre él; su presencia, me aporte lo que me aporte, bien me decepcione, bien me colme, pesa demasiado para que pueda llevarla sola; por lo demás, sé que va a colmarme.

Buenas noches, querida Zaza.

Su SIMONE

P. D.: Había querido en esta carta, por una parte, comunicarle mi cariño y, por la otra, darle una prueba de la infinita fe que tengo en usted. Al volver a leerla me doy cuenta de que es pura reticencia. Hay cosas que la palabra abrirá con más facilidad que la pluma.

Pero en lo que a mí se refiere, ¿por qué seguir mintiéndome, mintiéndonos? He aquí, copiados para usted, intactos incluso en lo que esta noche me parece ridículo, algunos párrafos de mis notas que todavía hoy suscribo con toda el alma.

~~Sábado, 26 de enero~~ 1 de mayo

Pero no saber nada del otro, ¿voy a considerarlo carente de importancia? ¡Tan espléndidamente vuelto a encontrar, único!... ¡Ay, esta astucia de mi corazón que querría hacerte de menos para sufrir menos! ¿Es sufrimiento? Pese a todo sé que estás tan cerca de mí, y que es a mí, y no a otra, a quien te acercas; pero qué lejos está ese radiante dominio...

¡Qué ser extraordinario eres, Jacques!, extraordinario.

¿Por qué no atreverme siempre a confesarme esto que sé y desconfiar del juicio que me dicta el corazón? Eres un ser extraordinario, el único en quien haya sentido, incomparable, junto con la del talento, del éxito, de la inteligencia, la señal del genio, el único que me arrastra más allá de la paz, más allá de la alegría…

Carta de Zaza a Simone. En ella habla de lo que siente por Merleau-Ponty.

Jueves por la noche, 10 de octubre de 1929

Mi querida Simone:

No escribo, como le suele gustar a Gandillac, para disculparme por haber estado tétrica pese al vermut y a la reconfortante recepción en el bar «Sélection».[1] Seguro que lo entendió, todavía me tenía anonadada el telegrama de la víspera. Llegó en un momento muy inoportuno. Si P. [Merleau-Ponty] hubiera podido adivinar con qué sentimientos estaba esperando yo nuestro encuentro del jueves, creo que no lo habría aplazado. Pero está muy bien que no se haya enterado, me gusta mucho lo que hizo y no me ha venido mal ver hasta dónde puede llegar aún mi desaliento cuando me quedo completamente sola para plantar cara a mis amargas reflexiones y a las lúgubres advertencias que a mamá le parece necesario hacerme. Lo más triste es no poder comunicarme con él. No me atreví a mandarle una nota a la calle de La Tour. Si hubiera estado usted sola ayer, le habría puesto unas líneas en un sobre con su ilegible letra. Sería usted muy amable si le mandase ahora mismo un telegrama para decirle lo que ya sabe, que espero, que estoy muy cerca de él en la pena y la alegría, pero, sobre todo, que puede escribirme a casa cuanto quiera. Más valdría que no se abstuviera de hacerlo, pues si no resulta posible que lo vea muy pronto, tendré una terrible necesidad de una nota suya al menos. Por lo demás, él no tiene por qué temer en este momento encontrarme alegre. Si hablase con él, incluso de nosotros, sería bastante en serio. Suponiendo que su presencia me liberase y me devolviera la feliz seguridad que tenía el martes al charlar con usted en el patio del instituto Fénelon, quedan en la existencia bastantes cosas tristes de las que se puede hablar cuando se siente uno de luto. Aquellos a los que quiero no tienen por qué preocuparse, no huyo de

1. Con el bar Sélection se refiere a la habitación que, a partir de septiembre de 1929, le alquiló su abuela a Simone de Beauvoir en el número 91 de la avenida de Denfert. Fue su primer alojamiento independiente.

ellos. Y me siento ahora mismo apegada a la tierra, e incluso a mi propia vida, como nunca lo había estado. Y a usted la quiero mucho. Simone, señora amoral y distinguida, con todo mi corazón.

ZAZA

París, lunes, 4 de noviembre de 1922

Mi querida Simone:

Vi a P. [Merleau-Ponty] el sábado, su hermano se marcha hoy mismo a Togo; hasta el final de la semana lo tendrán ocupado las clases o la intención de hacerle algo de compañía a su madre, a quien esta separación resulta dura. Nos gustaría mucho, muchísimo, vernos el sábado en el bar «Sélection» y verla a usted, eterna desaparecida, con su delicioso vestido gris. Sé que el sábado los amiguetes salen, ¿por qué no juntarlos con nosotros? ¿Tanta repugnancia les da vernos? ¿Teme usted que nos devoremos unos a otros? Por mi parte, tengo grandes deseos de conocer lo antes posible a Sartre; la carta que me leyó usted me gustó muchísimo y el poema, hermoso pese a ser tan torpe, me ha hecho pensar mucho. De aquí al sábado, por motivos familiares que serían demasiado largos de explicar, no puedo verla a solas como tenía la esperanza de hacerlo. Espere un poco.

Nunca me olvido de usted y la quiero con toda el alma.

ZAZA

Última carta de Simone de Beauvoir a Zaza, del 13 de noviembre de 1929, aunque esta, demasiado enferma ya, seguramente no pudo leerla. Aparece el último uso de la expresión «Mi inseparable». Zaza murió el 25 de noviembre.

Miércoles, 13 de noviembre de 1929

Querida Zaza:

Cuento con usted el domingo a las cinco. Verá a Sartre en libertad.[2] Me gustaría mucho verla antes. ¿Y si fuéramos al Salón de otoño* el viernes de dos a cuatro o el sábado a la misma hora? En tal caso mándeme una nota ahora mismo con el lugar de la cita. Voy a intentar ver a Merleau-Ponty un día de estos, a la salida de una de sus clases. En cualquier caso dele mis más afectuosos saludos si lo ve antes que yo.

Espero que todas las contrariedades de las que me hablaba el otro día hayan terminado. Me hicieron muy feliz, muchísimo, los momentos que pasamos juntas, queridísima Zaza. Sigo yendo a la Biblioteca Nacional; ¿no va a ir usted también?

Sigue habiendo a cada paso felicidad, felicidad en cartas cada vez más largas. Y sigo unida a usted en este momento más que nunca, querido pasado, querido presente, mi querida inseparable. Besos, Zaza querida.

S. DE BEAUVOIR

2. Alusión al servicio militar que Sartre acababa de empezar.
* Exposición anual de pintura. *(N. de las TT.)*

Primera página del manuscrito de Las inseparables, *escrito en 1954.*

Índice